ドクズな家族と別れる方法
天才の姉は実はダメ女。無能と言われた妹は
導士だった
早田 結
ill.黒崎

ノエル・ヴィオネ

ヴィオネ伯爵家次女で、付与魔導士。子供の頃から家族に虐げられて育ってきた。体の貧相さがコンプレックスで、スラリと背が高く出るところが出ているような女性になりたかった。あまりお洒落をしたことはない。友人のライザの影響やシリウスにより癒やされて愛されることを知ったので、大事にされる幸せもわかった。基本的な性格は前向きで明るい方。細かいことは気にせず、努力家。集中力もあり、研究者、職人、魔導士気質。一度決めると頑張って達成しようとするため、突っ走ってしまうところもある。

ゼラフィ・ヴィオネ

ヴィオネ伯爵家長女。女性の中では長身なほうで華やかな美人。親がいくらでも買い与えたので、綺麗なワンピースや晴れ着はたくさん持っており、夜会や茶会に出る機会もよくあった。火の魔法属性が強く、それに煽られるように苛烈な性質を生まれ持っていることに加え、その我が儘を通す性質を助長するように育てられてしまった。昔から自分は伯爵家の跡継ぎで大事な存在と言われており、のちに第四王子の婚約者としてちやほやされる。

Characters

サリエル・アンゼルア

アンゼルア王国の第四王子。ゼラフィの婚約者。魔力量は低いが真面目に修練したために魔法は上手く、土魔法が特に得意。二番目は風。王宮で嫌われ者だった王妃が王太子にしようと異常なほど熱心に教育を受けさせ、抑圧されて育った。穏やかで優しい性格で癒し系。思いやりのある大人しい王子。王妃の方針にも素直に従い、学園での成績も良かった。ゼラフィの暴力から他の令嬢を身を挺して庇うなど、男らしい一面もある。

ライザ・メリソン

メリソン子爵家の次女でノエルの親友。女性にしては背が高く、スタイル抜群。美人というより格好いい女性。姉御肌で面倒見が良い性格。結構、はっきりとものを言う。賢く、魔導士としての能力もそれなりにある。学園卒業後は実家（商会を幾つも経営）の仕事を手伝いながら自由に生きる予定。ノエルが好きで、庇ったり何かあった時は慰めたりする優しい女性。

アルノール・ロシェ

国立学園の魔導担当教師。ノエルの試験監督もしていた。細マッチョ…よりは細身だが貧弱ではない。魔力量が特大で魔導士としては最上級。自由のない星のもとに生まれ、いろんな制約を生まれながらに持っていた。ある条件を満たした相手じゃないと近づく気も起きないらしい。父親は正妻に夢中で、側室である母親は蔑ろにされていた。そのような両親を見て育ったことに加え、元からの生真面目な性格もあって恋愛面でヘタレ。ノエルが8歳年下だったために、最初のうちは「お父さん枠」だと思われていた。

ドクズな家族と別れる方法

天才の姉は実はダメ女。無能と言われた妹は救国の魔導士だった

Hayata Yu
早田 結

ill. 黒埼

Contents

プロローグ

ノエルは柵を握りしめて馬場を見ていた。
綺麗な栗毛《くりげ》の馬が走り回っている。
怖い、けれど、綺麗だ。
その姿を安全な柵の外側で見つめた。
幼いノエルを後ろから見ている少女がいた。
ノエルよりもずっと背が高く力も強い、姉のゼラフィ。
柵に乗り上げた小さな体を、ゼラフィは突き飛ばすように思い切り押しやった。
ノエルは呆気《あっけ》なく柵の内側に落ちた。
暴れ馬が少女の眼前に迫る。
「ひっ」
ノエルは引きつったように息をのんだ。
悲鳴すらも上げられない。
暴れ馬の蹄《ひづめ》が少女の体を踏み抜く……その刹那、魔力が瞬き、堅固な障壁を作った。
ノエルは背後に姉の甲高い笑い声を聞きながら恐怖で意識を飛ばした。

◇◇◇

七年後。

ノエル、十二歳。

――受験票もある。忘れ物はないよね。

今日は、国立学園の入学試験の日だ。貴族の子は特別な事情のない限り学校に通う。特に魔力持ちは全員、学校に入る。国は国力を上げるために魔導士を育成しようとしているからだ。それに、強力な魔法を使える者を把握しておきたいのだ。

ノエルは本当なら町立学校の入学手続きに連れていかれることになっていた。町立学校は学費が安いため、父が決めた。

でもノエルは国立学園に入りたかった。奨学生になれればタダで寮に入れる。家から出られるのだ。

――頑張らなきゃ。この家にいたら、下手したら殺される。

ノエルは姉ゼラフィのついでに読み書きと算術の基礎は習ってあった。姉が家庭教師と図書室で勉強しているときに、部屋の隅に座って耳を澄ませ勝手に学んだ。

父たちに内緒で習うかわりにゼラフィの宿題をやってやった――押し付けられた、ともいう。

今年、ノエルは学校に通う年齢になった。

貴族家が子供を学校に通わせないと「国への反逆」や「子供への虐待」を疑われ、取り調べの対象となる。

　1週間前。

ノエルは機嫌の悪い父に呼ばれた。

「学校の入学手続きに行ってこい」

と、吐き捨てるように言われた。

いつも父はこういう風なので「平常運転だね」とノエルは思った。

執事が必要な書類を寄越す。

付き添いに選ばれたのはノエルが予想していた男だった。父に気に入られている若い使用人だ。

ノエルは胸の内で密かに安堵《あんど》した。

この男はノエルに対しては態度がかなり悪いのだが、今回は丁度良い。うまくいきそうだ。

ノエルは八歳くらいの頃から、たまにお使いに行かされていた。

普通は貴族の子供をひとりでお使いになどやらない。

ノエルたちが暮らすアンゼルア王国の治安はさほど良くない。見るからに貴族の子供がひとりでうろつけば高確率で攫《さら》われてしまう。

ノエルは淡い金色の巻き毛に水色の水晶のような目をしている。家族からは使用人扱いされているが、見た目は貴族だ。町でひとりでいれば目立つ。

母がゼラフィには「町にひとりで行ったら危ないのよ」としつこく言い聞かせているのを知っていた。それなのに、ノエルにはひとりで買い物に行かせるのだ。危ないだろうと子供ながらに思う。

ちなみに、ゼラフィは赤みのある金髪に青い瞳で派手だ。父も同じ色の髪と目をしている。母は茶色に近い金髪に灰色の瞳で地味だった。だから、侯爵家の令嬢だったのに落ちぶれたヴィオネ伯爵家に嫁いできた。

ノエルはお使いのとき、髪を丸めて帽子を深くかぶり、目も帽子のつばで隠すようにした。それでも、ちらちらと人目を引いてしまう。

なるべく人通りの多い道の真ん中を歩き、なんとか香油と貼り薬を買うことができた。

初めてのお使いがうまくできたために、それからもやらされることになってしまった。

幾度か雰囲気の悪い男につけられ、声をかけられたこともあった。足に身体強化魔法をかけて走って逃げた。

ノエルがそうやって自衛しなければ、今頃、人買いに売られて変態に買われていただろう。

使用人は、ノエルがひとりで町に行けることを知っていた。

「ノエルお嬢様、学校にはひとりで行けますね」

と当然のように訊《き》かれた。

きかれたというより、確定だ。

「行けるわ」

ノエルはそう答えてやった。内心わくわくしていた。

使用人から必要書類を渡された。

ノエルの身分証と、それに委任状みたいなもの。

委任状は「ノエル・ヴィオネが貴校に入学することを希望する」という書面に父の署名があっ

た。使用人に代行させるからだろう。

ノエルはさっさとひとりで学校に向かった。もちろん町立学校ではない、国立学園のほうだ。

この日のために姉からお下がりされた服を古着屋に売って金を作っておいた。国立学園は遠いので、乗り合い馬車に乗るのだ。乗り合い馬車乗り場も下見し確認済みだ。

馬車はたくさん出ていたので、案外早くに着いた。

今日は、姉のお下がりの中でもなるべく綺麗な服を選んで着ていた。

ヴィオネ伯爵家では姉の上等な晴れ着は小さくなったら売って金にしているが、普段着のようなものは、たいていゼラフィが汚したり破いたりしているのでノエルの小部屋に放り込まれる。

ノエルはそれらの服を繕ったり、シミの酷いところには「浄化の魔法」をかけて着ている。

見た目からして貴族のノエルがひとりで来たのでかなり目立った。

ノエルは目立つのには慣れていた。いつも悪目立ちだ。良い意味で目立ったことはない。

受付で身分証を提示し委任状を渡して、入学試験を受ける手続きをした。

町立学校と違って国立学園は試験がある。

国立学園の中等部は、普通科と騎士科と魔導科に分かれていた。

ノエルは迷わず魔導科を選んだ。

手続きを済ませると受験票と試験の案内をもらった。

試験は一週間後となっていた。

——一週間後、か。まぁ、なんとかなる。朝早く邸《やしき》を逃げ出せばいいわ。交通費はまだあるし。試験内容は座学と、魔法実技……得意技？　え？

それから一週間後の今日。

計画していた通り、朝早く邸を出た。

通りかかった使用人には、適当に「ハイネに用事を頼まれた」と大きめの独り言を言っておいた。

ハイネは執事だ。これで探されずに済む……と思うことにした。

図書室の机から失敬した筆記具と受験票、交通費の銅貨、それに食料庫から漁ったパンを革袋に詰め込んで肩にかけていた。袋は倉庫で見つけた。たぶん採取用の袋だろう。まだ未使用なのか綺麗だった。

国立学園の試験、午前中は座学だった。

この日のために必死に勉強した。数学は楽勝だと思う。ノエルは姉の勉強を見ていたので、普通より二年早いペースで学習していた。それに、姉が王立学園に入って家庭教師が辞めたあとも本を読み、学んだことを忘れないようずっと復習を行っていた。

歴史と国語は邸の本を丸覚えしておいた。暗記の魔法を自己流で作ったが、少しは役に立ったと思う。頭の中の倉庫に、魔力の助けを借りて覚えたことを出し入れする……と暗示をかけてみたのだ。魔法というより暗示かもしれないが、なりふり構わずなんでもやった。

午後は魔法の実技試験だ。的当てと、得意な魔法をひとつ行うとなっていた。

試験内容は、試験の案内にも説明があった。得意技の例として「小さな竜巻を作る」「カップの水を沸騰させる」「カップに水を生成する」「土の塊を生成する」と記されていた。

それを読んだ時は、マズイと冷や汗をかいた。ノエルはひとつもできなかったのだ。

ノエルの得意な魔法は、結界魔法に身体強化魔法、風魔法……は盗み聞きが得意で、それに自己流の暗記魔法。どれも「見せる」魔法ではなかった。

ノエルは試験の日まで魔法の修業に励んだ。

小さい竜巻を作ろうと試みたが、どうしても突風一吹きで終わってしまった。それでも良いかもしれないが、ノエルは奨学金が欲しいのだ。少なくとも例題よりお粗末な魔法では駄目だ。

火魔法は、炎撃はできるのだからカップの水をお湯にするのもできるはずだが、そんな微調整は試験までに間に合う気がしなかった。実際、試したところカップが粉みじんになったので、証拠隠滅をすることになった。

風魔法と火魔法は、派手な風が吹くしカップは壊すしで、それ以上、練習するのも支障があった。

「土」と「水」は適性を持っていないのか、どちらもできなかった。

それで、なんとか結界魔法を使えないかと考えた。

思いついたのは「卵に結界を纏《まと》わせる」こと。

自分の周りに結界を張るのは得意中の得意だが、自分以外の対象物にも結界魔法をかけられるのか、ということが問題だ。

ノエルが本で読んだのは「武器や防具に、魔法をかけて防御力や攻撃力を上げる」という付与魔法だ。

付与魔法のかけ方は、対象物に魔力を流し、望む効果を纏わせる、と書いてあった。

大雑把すぎる。

そんなんで付与魔法が完成できたら、世の中、最強の武器防具だらけだ。

実際、付与魔法付きの剣や盾は「魔剣なみに高価」と書いてあるのを見ると付与魔法は難しいのだろう。

だが、ノエルが目指すのはそんなすごいものではない。

得意の魔法で結界をほんの短時間、卵に与えるだけだ。

それで、卵を床に打ち付けて割れなければ「おお、結界魔法、うまいな！」と感心して良い点をつけてもらえるかもしれない。

たったそれだけのことだ。

——うん、それくらいなら、きっとできる。

ノエルはそう結論した。

卵を練習で使うわけにはいかないので、倉庫で見つけた綿を使った。綿の塊に結界を付与して投げる。うまくいけば「カツン」と硬質な音がするはず。

「物理的な膜みたいなものが結界魔法で張れるのか？」という疑問は試してから考えればいいだろう。

そんなわけで、無謀な訓練を始めた。

綿の塊に紐《ひも》をぐるぐるに巻いたボールにひたすら魔力を与えて結界を張り、ぽとんと床に落とす、という作業の繰り返しだ。

魔力をボールに与える、という魔力の無駄遣いのようなことをし続けていることに、だんだん「もったいなくないか」という疑念が生じてくる。

――いやいや、無駄じゃない、もったいなくない。試験のためだ。付与魔法の練習だ。

もう、自分との闘いみたいになってきた。

それでも続ける。

何度も続ける。

そろそろ疲れてきた。

訓練初日の最後には小さくカツンと音が鳴ったような気がしたが、当たった小石がどこかに撥ねただけかもしれない。

ノエルはあきらめなかった。

不毛な訓練をひたすら続けた。

――いや、ちょっとできるようになったんだから、不毛じゃない。

しつこく続けるうちに結界の付与っぽい感じになってきていた。

コトッと、ボールを落とすと硬質な音がし始めたのだ。

それに勇気を得てさらに訓練を続ける。

明らかにコトンと音がする。

気のせいじゃない。

ノエルは、浮かべるイメージをボールを被膜で覆うのではなくて、金属製の箱に入れるように変えてみた。

すると、さらに「カツン」と硬い音に変わっていった。

のちにノエルは卵でも結界付与を成功させた。

そうして臨んだ魔法実技試験。

的当てでは炎撃で的を粉砕することに成功。

使われていない部屋の暖炉を的に練習しておいたので、これは難なく済んだ。

いよいよ次だ。

石造りの屋内訓練場のようなところに受験生は整列させられていた。壁際に椅子が並べられ、説明を受けてから座って順番を待つ。

訓練場の中には、衝立《ついたて》が幾つも設けられている。ひとりひとり衝立の中に呼ばれて試験を受けることになっていた。衝立には結界が張ってあり、万が一の時に外には影響が出ないようになっている。

ノエルはにわかに緊張し始めていた。

衝立には結界が張ってあり、万が一の時に外には影響が出ないよう配慮されているという。

それぞれの仕切りに試験官は二名ずつついている。

多少は道具を使っても良いことになっていて、なにかしら持っている受験生が多い。

なにも持っていない受験生ももちろんいる。

ノエルの卵は袋の中だ。

ひとりの受験生にかかる時間は長くなかった。どんどん順番が進んでいく。

ノエルの番となった。

番号と名を呼ばれたので仕切りの中に入る。

狭い部屋のような空間に２名の試験官が座っている。

年若い試験官と、少し年配の試験官だ。

ふたりとも厳しそうに見える。緊張感がそう見せているだけかもしれないが。

長テーブルが置かれていて、受験生の椅子がその前にあった。テーブルの上にはカップと水差し。

水の生成や水をお湯にする魔法を使う学生のためだろう。隅のシートの上にはバケツに土が盛ってあった。

手汗で掌《てのひら》が湿気ている。卵を落とさないように気をつけなきゃと思う。体が強張り、やけに口の中が渇いた。

「ノエル・ヴィオネだね」

若い試験官が確かめるように名を読み上げた。彼の手には受験生のリストと思われる資料があった。

「はい、そうです」

「では、自由課題はなにをするのかな」

「結界の付与です」

「はい？　結界の付与、かね？」

年配のほうの試験官が、声を裏返らせて尋ねた。

もうひとりの試験官も眉をひそめている。

「あ、はい……」

ノエルは椅子には座らないまま、袋から卵を取り出した。

「これを、使います」

と、震えそうな声でなんとか告げる。

「卵かな。それを見せてもらっても？」

試験官に言われてノエルは頷《うなず》き、卵を渡した。

「……ふつうの卵に見えるね。ではやってみてごらん」

卵を返してもらったのでノエルは椅子に座った。

立ったままでやろうと思っていたが足が震えそうになったからだ。

とにかく、精神集中しないとできない。

卵を手に、魔力を流し始めた。

最初は、呼吸さえ浅く乱れがちでうまくいかなかったが、徐々に落ち着いた。

魔力がうまく流れ始める。

この数日、何度も繰り返し練習したのだ。終いには、難なくできるようになっていた。

だから、そのまま「卵結界付与作戦」でいくことにしたのだ。

ようやく満足のいくように魔力を纏わせ「結界の箱」に卵を入れることに成功した。

ノエルは、すぐさま立ち上がり卵を床に打ち付けた。

ガツンッ！

と卵が硬い音をさせ石の床を幾度か跳ねて止まった。

「結界の、付与、です」

ノエルは、言葉につっかえながら試験官に告げた。

試験官はふたりとも目を見開いて固まっている。

しばらくしてようやく、ひとりが立ち上がり卵を拾った。

結界の「箱」は小さいものだが、試験官がその「箱」に触れる。

ノエルは当然、触れたことはあるが、自分の魔力は触れたとたん自分の中にするすると吸収された。

他人に触れさせたことはないが、どうやら透明な「なにか」に卵が包まれている感じになるらしい。

「……すまないが、もう一度、見せてもらってもいいかな」

試験官は呆然《ぼうぜん》とそう告げた。

「あ、はい……」

おそらく、こんな地味な余興をやる受験生はいなかったのだろう。

ノエルは頷いた。卵を渡されて椅子に腰を下ろす。

……と、まだ卵に結界が張ったままなことに気づいた。

いつもなら魔力がすぐに吸収されるのだが、今回は強固に張りすぎたのか吸収がゆっくりだ。

すると、小声でなにやら話し合っていた試験官のうちのひとりが立ち上がった。

「卵は持ってくるから待っていてくれ」

「はい」

――もしかして、ズルしたと思われた？

少しショックではあるが、それも仕方ないか、とも思う。

珍しいことをした自覚はあるが、例にあったような魔法はできなかったのだから仕方ない。

あと何回かは魔力残量的に問題なくできそうなので言われるだけやればいいだろう。

待ってる間、暇だったのか、残った試験官が、

「ヴィオネ伯爵家の次女なんだね」

と声をかけてきた。年配のほうの試験官だ。

「はい、そうです」

「奨学金の申し込みもしてるのか」

試験官がぱらりと書類をめくる。ノエルの情報が書いてあるらしい。

奨学金は、試験の申し込みのときに書き記す欄があったので申請しておいた。

但し書きには合格したあとでも申請はできるとあったが、あらかじめ申請しておいたほうが処理が速やかにできる、ともあった。

ノエルとしては、奨学金が手に入ったらすぐに寮に入りたいので迷わず申請欄に記入した。

「はい」

と記入したことを思い出しながら答えた。

「貴族はあまり申請しないのだけれどね」

試験官が独り言のように言う。

「うちはとても貧乏なので、奨学金が得られないと国立学園には入れないと思いまして……」

ノエルは恥も外聞もなく答えた。

貴族といってもピンキリなのだ。

「そうか。だが、もし奨学生になれなかったら学校はどうするのだ？　家庭教師だと魔導の指導は国が定めたものだけになるが」

試験官は訝《いぶか》しげだ。

それはそうだろう。国民の魔導の能力を把握管理するための入学義務なのだから。

「父は、町立学校に行けと言っていました」

「は？」

「姉を王立学園にやるだけで、学費はもう底を突いたそうです」

「……そうか」

王立学園のほうが、国立学園よりも学費はずっと高い。少しでも不憫《ふびん》に思ってくれたのなら良い点付けてほしいな、という願いを込めて暴露しておいた。

丁度、新しい卵を持ってもうひとりの試験官が戻ってきた。

ノエルは、先ほどよりもリラックスした状態だった。

おかげで、少々短い時間で結界の付与ができ、卵を床に打ち付けた。

ゴツンッ、ゴツッと卵が床を跳ねる。

「ほぉ……」

「うむ……」

試験官ふたりが腕を組む。

もうズルは疑っていないだろう。

ようやくノエルは試験会場を後にした。

十日後。合格発表の日。
かくしてノエルは無事に奨学金を獲得し、国立学園入学の手続きをした。

鄙びた小さな神殿にて～ノエル四歳のときの記憶

　四歳の誕生日の明くる日、ノエルは両親に連れられ魔力の鑑定を受けに神殿を訪れた。

　ヴィオネ伯爵家から一番近い国教神殿は小さく古びていた。神殿の敷地は低い石塀に囲われ、前庭の花壇には野菊のような花が咲いている。

　石造りの建物に入ると厳《おごそ》かな静けさに包まれた。同じ空気のはずなのに外よりも澄んでいる。

　ノエルはずいぶん大人しい子供だった。辺りを見ながらお淑《しと》やかに歩いている。ノエルが静かなのはお喋りをすると怒られるからだった。ヴィオネ伯爵夫妻は子育てに関心はない。ノエルは次女なので跡継ぎでもなく、余計に手を掛けるつもりはなかった。

「ようこそヴィオネ伯爵様」

　初老の神官が出迎えてくれた。見習いの若い神官は少し離れてお辞儀をしている。

「この子の鑑定を頼む」

　挨拶《あいさつ》もなく父がそう言った。

　居丈高な言い方で、幼いノエルでさえもそんな風で良いのかと不安に感じるほどだ。けれど神官は父の態度などなにも気にしない様子で、むしろノエルを心配そうに見ていた。

「こんな幼い子をですか」

「もう四歳になる」

「四歳だと少し早いですよ」

神官は眉をひそめた。

「問題ない。姉のゼラフィは三歳で火魔法が使えたのだからな」

父は自慢げに笑った。

若干、気が進まない様子ながらも父に押されるように神官はノエルたちを奥へ案内した。

アンゼルア王国の国教では国神様を祀《まつ》っている。祭壇には国神の像が祀られていた。国教の神殿に祀られる像はこれといって決まりはない。なぜなら像よりも、その像にはめ込まれた精霊石に国神様が宿っているからだ。この小さな神殿の精霊樹を模した像にも水晶に似た石がはめられていた。

ノエルはその像がとても重くて大きいものに思われた。実際は、そう大きくもなくどっしりしてもいないのに、なにか強大な圧力を子供ながらに感じた。

——なんか……きらきらしてる？

窓からの光のせいだろうか。像はしっとりとした光に包まれてとても綺麗だ。

ノエルが見惚《みと》れてぼんやりと歩いているうちにさらに奥の部屋へと招かれた。小部屋の机には水晶のような石のついた魔導具が置いてあった。これも精霊石だろう。

「では、こちらに手を翳《かざ》して力を込めるようにしてみてください」

神官がノエルに優しくやり方を教える。

ノエルはよくわからないままに、言われたことをやろうとした。

〝翳す〟という言葉が理解できず、神官が手本を見せてくれたように精霊石に触れそうなところに幼い手を近づけた。

力を込める、というのもやり方がわからない。姉のゼラフィはできたというが、ノエルにできないのはどうしてだろうか。

後ろに立つ父から「もたもたするな！」と苛立つ声が聞こえ、ノエルはさらに焦った。

「幼い子はそういうものです、お待ちください」

神官が父の苛立ちをなだめるように、穏やかに声をかけてくれた。おかげでノエルは少し落ち着いて手の震えも収まった。

すると、精霊石からなにか吸い付くような力を感じた。

ノエルが「なんだろう？」と首を傾げると、指先から温かなものがふわりと立ち上るような感覚があった。

精霊石が仄《ほの》かに輝いた。

「魔力は、あるようです」

神官がそう告げた。

――良かった、ちゃんとできた。

ノエルがそう思って振り返ると、父と母は目を見開き顔を真っ赤に火照らせていた。

「なんだ、今のは。あれで魔力があっただとっ！」

父の怒鳴り声が小部屋に割れんばかりに響いた。

ノエルは怯《おび》えて縮こまり、神官の眉間の皺が深まった。

「ですから、まだ幼い……」

「帰るぞ！」

父は、神官の言葉を遮り聞こうともしなかった。ノエルの腕を掴《つか》んで立ち上がらせた。

腕の痛みと怖さにノエルの瞳が潤む。

「ここで幼子に乱暴を働かないでください。国神様がどう思われることか……」

神官の言葉をなおも父は無視し、ノエルを連れて小部屋を出た。

出入り口のところで父は立ち止まった。

「ポリーナはどこだ」

父がまた怒鳴り、廊下で待っていた使用人が慌てて走り寄る。

「どうされましたか」

「どうもこうもない！」

腕を放されてようやくノエルは息をついた。

「大丈夫かな」

神官が心配そうにノエルをのぞき込んだ。

ノエルはこくりと頷く。

――しんかんさま……。　国神さまのぞうみたいにキラキラしてる。

「またいらっしゃい」

優しく言われて、ノエルは再び頷いた。

「あのキラキラしてる国神さま、あいにきていい？」

ノエルがおずおずと尋ねながらそっと国神の像に視線を向けると、神官は驚いたように目を見開き、次いで柔らかく微笑んだ。

「もちろんです。きっと国神様はお喜びですよ」

――しんかんさまのお嫁さんになりたいな。だんなさまはきらきらしててやさしいひとがいいな。

ノエルは神官に見惚れたまま何度も頷く。国神様がお喜びです、という言葉はよくわからないがキラキラの光はとても好きだと思った。

「おやつの時間に来れば、妻の作った焼き菓子がありますからね」

神官の言葉に、ノエルは「え？」と首を傾げる。

「つま……って……」

「私の奥さんですよ。焼き菓子作りが上手でとても美味しいんです」

「おくさん……」

ノエルは人生初の一目惚れと失恋をあっという間に体験した。

「なにをうろうろしている！」

父の怒鳴り声がまた聞こえる。神殿のすぐ外からだ。

「仕方ないでしょ！　恥ずかしいから早く帰ろうとしただけよ！」

母の声も聞こえる。

「バカ者！」

不機嫌な父の声にノエルが怯えると、神官がポケットから水色のハンカチを取り出して涙の滲《にじ》んだノエルの目元を拭った。

「これをあげますよ、良い子への贈り物です」

「おくりもの？」

飾り気のない無地のハンカチは水色の地がほんのりと瞬いていた。

「はんかちも、きらきら……」

ノエルの呟《つぶや》きに、神官は微笑んで頷いた。

「国神様のご加護の多い土地で採れた野ブドウを染料に使うと御守りになるんですよ」

神官がノエルに教えていると、ヴィオネ家の使用人が小走りでやってきた。

「ノエルお嬢様、さぁ、帰りましょう」

焦ったようにノエルの手を掴んだ。

「伯爵に、またご令嬢がもう少し大きくなってから受け直しを……」

神官の言葉が終わらないうちに使用人は「はい」と遮るように答えて神殿を後にした。

馬車の中は不機嫌な両親のおかげでこれ以上ないくらいに居心地が悪かったが、ノエルは熱心に車窓から景色を眺めていた。

——あちこち、きらきらしてる。

今まで気づかなかったのが不思議なくらいだ。きらきらしているのは水辺の場所が多かったが、畑や花が咲いているところも輝いている。

——きれい……。

帰り道の途中で、馬車は停まった。

ノエルは両親たちの会話を聞いていたので、なぜ停まったかは知っていた。神殿に来るときに父が酒蔵の看板を見つけたのだ。

アンゼルア王国は、今、とても酒が値上がりしているらしい。税金が上がったのが原因だという。

名もなく古ぼけた酒蔵で、もしかしたら安い酒が手に入るかもしれない、あんな町外れにあるのだからと父は帰りに寄ることにしたのだ。

ノエルは使用人に「馬車の中から動かないでください」と言われて頷いた。

もとより、動くつもりなどなかった。

——ここは、いやなかんじがするもの。キラキラしたところが全然ない。

それどころか、なにか、淀《よど》んだ濁りを感じる。

——はやく、ばしゃ、出ないかな。

ノエルが窓から様子を見ていると、父と母がレンガ造りの建物に入っていくのが見えた。

「味見もできますよ」

と、揉み手の男が言っている。父たちはなかなか出てこなかった。〝味見〟というのをやっているのだろう。

しばらく待ってようやく出てきた。なぜか父と母の足下がふらついている。

——あ、そこはあぶない……。

父たちは淀みの酷いところに歩いていく。

ノエルが不安で胸を押さえているうちに、ふたりは淀みに足を取られるようにして派手に転んだ。

「痛い」「捻《ひね》った」と騒いでいる声が聞こえる。

馬車のドアが開き、ノエルは急いで奥へ退いた。

馬車に乗り込もうとして父が「うぅ」と呻《うめ》いている。

「痛いわ」

母も怪我をしていた。せっかく買った酒瓶も割れて、それで切り傷を幾つも作ったようだ。ハンカチで傷を押さえている。

ノエルが驚いて見ていると、「なにを見ている！」と怒られた。

――お父さまたちがころんだのは、ころびそうなところを歩いたからよ。

そう思っても怒られると嫌なので言うことはできなかった。

ノエルはまた窓から外を眺めた。

神殿から離れるにつれ、キラキラしたところが減っている。

それがとても寂しく思えた。

――またいきたいな。

ポケットにしまったハンカチを取り出して見つめると不安がなくなるような気がした。


ノエルは八年後に家を出るまで二度と神殿に行くことはなかった。

あれ以来、キラキラしたものを見ることもなかった。

〝きらきらしてて、やさしいひとがいいな〟と思った幼い頃の願いは心の奥底深くに染み込み、いつしか忘れていた。

ヴィオネ伯爵家

ヴィオネ伯爵家にとって、最も大事なのは長女のゼラフィだった。

次女のノエルは、物心ついた頃から虐待という形でそれを思い知らされていた。

ノエルが魔導士の素質に目覚めたのは五歳のとき。

ゼラフィに突き飛ばされ、暴れ馬の走る馬場に柵から落とされた。

その時、ノエルは咄嗟《とっさ》に「魔力の壁」を作った。

恐怖が力を目覚めさせたのか、生存本能が能力を引き出した。

見えない壁が体を馬の蹄から守った。

おかげで死なずに済んだが、恐怖で粗相して気を失った。

父は「なにやってんだ、ウスノロが」となぜかノエルだけを怒った。

母は「五歳にもなってスカートを汚して」とスカートのことしか心配してくれなかった。

長女のゼラフィが宝のように大事にされているのは強い魔力を持っているからだ。

ゼラフィが四歳のときに国教施設での鑑定でわかった。

貴族の平均値を超えて、王族に並ぶほどに強い魔力だ。

ヴィオネ伯爵家はかつては魔導士の家系だった。

魔導士が国にあふれていた頃の話だ。

今は違う。国の愚策により魔導士はかつてより激減している。ノエルは自国の実情は家庭教師が話していたので知っていた。

　ヴィオネ伯爵家は血筋としては魔導士の家系だが、〝魔導士らしい〟務めなど果たさなくなって久しい。そのことに関しては国だけのせいではない。ヴィオネ家ゆえの事情もある。父は学生の頃魔導の成績はお粗末だったと、母が侍女に暴露していた。父の成績は父個人のせいだろうけれど、この家は資産の減少とともに魔導士の家系としても落ちぶれた。

　ところがゼラフィは、先祖返りしたように魔力がたまたま強かった。

「もしかしたら次女も強い魔力を持っているかもしれない」と両親は期待し、ノエルは三歳までは普通に大事にされていた。

　両親の期待は、ノエルが魔力の鑑定を受けるまでは続いた。

　父はノエルが四歳になると早々に国教施設で鑑定を受けさせた。普通は五歳になってから受けるものだ。

　姉のゼラフィは三歳の頃には指先に炎を燃やす火魔法が使えたので、両親は十分に育ったと判断したのだろう。

　ゼラフィは確かに天才かもしれない。

　とはいえ、妹にまでそれを求めるのは間違っている。

　国教神殿にある鑑定の魔導具にノエルが手を翳すとほんのわずかに反応し、ノエルはこの時、親に見捨てられた。

　姉のゼラフィに酷く虐待されてももう誰も止めはしない。

　馬場に落とされるという命を落としかねないことをされても騒ぎにならなかった。

もし死んでも事故で済まされて終わりだっただろう。

馬場で気絶したこの日、目を覚ましたのは邸の床だった。

いきなり初めて使った魔法で魔力を消耗し、ノエルはぼんやりとしていた。

おかげで、父と母に貶《けな》されてもよくわかっていなかった。

使用人が服を汚したノエルを風呂場に連れていき、面倒を見てくれた。

使用人に思いやりのある人がいて良かった。

――あれは、「まほう」だった。

ノエルは、自分の身に起こったことを理解していた。

他の誰もわかっていなかったとしても。自分が魔法を使った、と気づいていた。

あの時、体を巡る強大な力を感じた。

熱く鮮烈で、雷のようだった。

体を貫くように駆け抜けて、壁を作り、馬の蹄をはね除《の》けた。

――わたしは、わたしをまもった。

意地悪で乱暴なゼラフィは、ノエルを暴れ馬の前に突き落とした。いつも妹を蹴ったり叩《たた》いたりするひどい姉だけれど、あれは一線を越えていた。

ノエルはぶるりと体を震わせた。

――わたしは、もっと、わたしを、まもらないと……。

◇◇◇

ノエルは、鑑定の結果では魔力が少量はあった。だが実際は、少なくとも馬の蹄から身を守る障壁を作れるくらいの魔力を持っている。

それは少量では、ないはずだった。

ノエルが思ったのは「鑑定を受けるのが早すぎたんじゃないか」ということ。

神官が早いと言っていた。

だから、魔力がうまく鑑定の魔導具に流れなかった。

のちに、ノエルが馬場で作った「魔力の障壁」は「結界」という名だと知った。

魔導士が身を守るための防御魔法のひとつだ。

結界を張った一瞬の体験を思い出す。

魔力が体を巡り、壁となって身を守った感覚をたぐり寄せる。

雷に似た熱い力を体の中から引き出すように目を閉じて操作する。

——魔力よ、護れ。

見えない障壁が瞬時に作り出された。

最初のきっかけさえ掴めれば良かったのだ。あの時ノエルはコツを掴んだ——命がけで。

ノエルは確かに魔導士の血を受け継いでいた。

以来、誰にも頼らずひとりで魔法を覚えた。話せる人などいなかった。

生まれながらに持っている力を使うのは楽しかった。

最初に覚えたのは結界魔法だが、風を作る魔法のほうが楽にできることがわかった。

鎧窓に風を当てて練習していると、母や侍女が「嵐かしら」と焦っている声が聞こえたこともあった。そんなときノエルは声を抑えて笑った。

魔法を放つと自分自身も解き放たれるようだった。自由を感じた。成長する自由、持っている力を使う自由だ。

いつも抑え付けられ虐げられているノエルにとっては、魔力を巡らせて魔法を放つ時が唯一、自分を解放する時間だった。

自分も魔導士の仲間入りができたような気分になれた。

魔導士たちが今よりもっとずっと多かった時代があった。

長い年月を経て、アンゼルア王国は多くの魔導士を失った。

全盛の頃は奇跡かと思うほど凄腕の魔導士がいたという。

昔の歴史書を見ると胸が躍った。

ただ、歴史書には良いことばかりは書かれていなかった。

魔導士は〝魔法バカ〟と言われるほど魔法のこと以外は無能な者が多かった。そのため騙されることがよくあった。健康を蔑《ないがし》ろにして魔獣の討伐に明け暮れる者も珍しくなかった。

それが魔導士の数を減らす原因となった。国が無策だったせいもある。

もう奇跡を起こす魔導士はほとんど見かけない。

ヴィオネ伯爵家も落ちぶれた。

ノエルの家族は、父も母も姉も性根が腐っている。

いつも歪《ゆが》んだ顔をしている。

家が貧しいせいだろうか。でも、貧しくても良い人はいる。

ヴィオネ伯爵家はかつては広大な領地を抱える富裕な貴族だった。ずっと古い時代は侯爵家だったという。もう忘れられたくらいに古い話だ。

それが、代々の領主が無能だったためにだんだん領地を減らしていった。領地の運営がまるでできなかったのだ。

今では村をふたつ抱えた貧しい領地を治めるだけだ。〝歴史ある魔導士の家系だから〟と伯爵家でいることを許されているが子爵家へと降爵するのも時間の問題かもしれない。

ヴィオネ伯爵家は村から納められた税で細々と生きている。

過度な税の取り立てはできない。国の官吏に見つかったら今残っているわずかな領地さえも取り上げられてしまうだろう。

貴族なのに贅沢《ぜいたく》ができない。そんなヴィオネ伯爵家に救世主のごとく生まれた強い魔力を持った長女ゼラフィ。

大事にされるに決まっている。

無能な次女など予備にしておくのも嫌だろう。

ノエルは、母から下働きのように使われていた。

母に命じられ、領地から運ばれてきたジャガイモを倉庫に運ぶ。

毎度、しばらく芋には困らないくらいの量がある。バケツに入れて何往復もした。

今朝から薪《まき》運びに、この芋運びと重労働が続いている。

もう腕が重くて動かない。

ノエルはあまりの辛さに「魔法で芋運びができないか」と考えた。

芋を運びながら魔力を巡らせて、魔力に力仕事を手伝わせるように念じてみた。

あきらめず試すうちに、気のせいか芋運びは楽になった。

体を魔力が支えているような感じだ。

——これで、少しは楽に暮らせるかも。

ノエルはいつも疲れていた。食事も不十分だったが過労で食欲もない。

倒れると水をぶっかけられることもあった。ノエルに水をかけるのは父だ。

母がノエルに重労働させるのも、姉がノエルを炎撃の的にするのも父は知っている。

父は残酷だ。

領地と王都と行き来して仕事をしているので、父は王都の別邸にはほとんど来ない。

領地は騎馬で二日の距離にある。馬車ならその倍くらいかかる。

村がふたつあるだけの領地でそんなに仕事があるんだろうか。「父はどこかで遊んでるのかも」とか、さらには「浮気相手のところに行ってるのかも」とノエルは疑った。

真相はどうであっても、ノエルにとっては父親はいないほうがいい。

彼女の体には、幾つもの痣《あざ》や傷跡があった。

それらの痕がまだ軽症なのは、ゼラフィの攻撃魔法が幼いゆえにさほどの威力がなかったからだ。ノエルは、ゼラフィの魔法が上達するよりも先に、素早さと結界の堅固さを強めなければならなかった。

　邸の図書室に入り込んで調べると、「結界」の魔法は魔導の本に載っていた。「体を強化する魔法」も騎士の訓練の本に似たようなのを見つけた。

　呼び名は、ズバリ「身体強化魔法」だ。

「騎士団の上級騎士の半分くらいしか習得できない難しい魔法」とあった。

　その説明を読んで、本当に同じ魔法か自信がなくなったが、騎士団の魔法ほど上等ではないとしても助かっているのは事実だ。

　ノエルは身体強化魔法のコツなどよくわからないままに使いこなしていた。必死だったからできたのだ。あるいは、才能があったのかもしれないが、今では筋肉の一筋一筋に魔力を巡らせる感覚がかなりはっきりと感じられる。華奢な体でも、魔力によって乏しい筋肉の補助をすれば大人の男性並みに重い労働に耐えられた。

　ノエルは成長とともに魔力が上がっている。魔力そのものが増えたこともあるが、うまく流れるようになったという感じだ。この魔力は少女の筋肉よりもよほど力が強く頼りになる。

　ただ、楽々仕事をこなしていると思われると、余計にこき使われそうなので気をつけた。

　わざと時間をかけて厩《うまや》の掃除などをしている。重い敷き藁《わら》を替えるのはけっこうな重労働だから、時間をかけてもいいだろう。

　そのかわり、空いた時間に魔法の訓練をした。

　家から逃げるための情報収集には風魔法を使った。学校の情報などはそうやって集めた。

「盗み聞き」の魔法だ。

邸の図書室にあった本に「斥候は風で音を読む」と書いてあったので、色々と試したら、案外、簡単にできた。

ノエルの持っている魔法属性のひとつは「風」だろう。火を灯す魔法も大した苦労もなく発動はできた。まず間違いなく火属性も持っているはずだ。

魔法はだいぶ使えるようになった。

でも、母たちには、決して言わなかった。

◇◇◇

この国では、魔獣は増えたり減ったりしながらも決して絶滅することのない永遠に続く災厄だった。

さざ波のように魔獣たちの凶暴性と数は満ちては引いていく。例えば五十年ほど前にも異常に増えたことがある。その頃は人が命を落とす原因の第一位が魔獣絡みだった。

それから一時期は持ち直し被害は減っていたが、また二十年くらい前から徐々に増え、一気に悪化したのはノエルが九歳の頃だ。市井では「国王のせい」と囁《ささや》かれた。「相応《ふさわ》しくない王のせいだ」という噂《うわさ》は不敬罪を厳しくすることで封じ込められ、人々は胸の内では「封じ込めるのは民の声ではなく魔獣どものほうにしろよ」と思いながらも口を閉じた。

毎夜、魔獣の雄叫びが夜闇を切り裂き、ノエルは震えて毛布をかぶった。

ふいに、魔獣の叫びとは違う鳴き声が聞こえてきた。甲高い鳥の声だ。

――鶏の声？　……まさか、鶏たちが襲われてるの？

ひよこたちが魔獣に喰《く》われるのは嫌だ、とノエルは思った……思ってしまった。

ヴィオネ伯爵家の裏庭には鶏小屋があり、鶏たちが毎日たくさんの卵を産んでいる。時折、ノエルはこっそり卵を手に入れて茹《ゆ》でて食べた。うちの鶏は餌が良いのか、新鮮だから良いのか美味しい卵を産む。それに、ひよこは可愛い。ぴよぴよと足下に寄ってくるので抱き上げると羽毛はふんわりしていて手触りが良かった。

邸には魔獣避《よ》けが施されているし、ここら辺は大きい魔獣は来ないと聞いている。もしも紛れ込んだとしても、小さい魔獣が一匹か二匹くらいではないか。それくらいならノエルには勝算がある。身体強化魔法が使えるのだ。逃げ足はとても速い。それに、結界の魔法も得意だ。結界を張りながら走り、何匹かでもひよこを助けてやろう。

助けたひよこたちを袋に入れてこの部屋に運んであげればいい。

ノエルはそんな風に思いつき、寝間着の上に上着を着込んだ。

階下に降りて裏口から庭に出た。

常夜灯に照らされて庭は不気味に静まりかえっている。思いのほか明るいのは邸の照明がまだ点いているからだ。窓からの光も庭に漏れている。ノエルは夕食を終えれば早々にベッドに入るが、大人たちはまだ起きている時刻だ。

辺りに視線を巡らせ耳を澄ますと先ほど聞こえた魔獣や鳥の声はもう止んでいた。

――大丈夫……なのかな。もうひよこを助けなくてもいい？

ノエルは慎重に周りの気配をうかがいながら歩いて鶏小屋に近づいた。

ふと、花桃の木の根元が月明かりに照らされているのが見えた。

――あ……神官様にいただいた御守りのところ……。

何年か前、優しい神官にもらった御守りのハンカチだった。

父に怒られ涙ぐんだノエルに。特別な野ブドウで染めたハンカチは御守りになるのだと、涙を拭ってもらった。

ノエルはハンカチを大事にしてしまい込み、時折ポケットに忍ばせていた。昨日は、うっかり落としたハンカチを母に見つかった。母は見たことのないハンカチに「盗んだのね」と言いがかりを付け、ゼラフィの火魔法の的にしてしまった。

ノエルは久しぶりに泣いた。虐めに対しては、案外負けず嫌いで図太いノエルは泣かない。姉の前でも、父と母の前でも泣かなかった。でも、大事なハンカチを消し炭にされて、ぽろりと涙がこぼれてしまった。

慌てて目を拭い、逃げた。連中に涙なんか見せてやらない。

後から燃えたハンカチを見に行ったら、水色だったハンカチは灰色の燃えかすになっていた。花桃の木の根元で、人に踏みつけられる場所ではなかったのでそのままにした。

御守りの灰は月明かりに幻のように瞬いて、その周りだけまるでおとぎ話の世界のようだった。

ノエルは大事なハンカチを思い出してまた涙ぐみそうになったが唇を噛《か》んで堪えた。

鶏小屋の前に行き暗闇に目をこらすと、小屋は板で補強がしてあった。そういえば、執事と庭師が裏庭を行ったり来たりしていた。きっと魔獣対策のために大工仕事をしたのだろう。

金網の隙間から鶏たちの様子を見ていると、また魔獣のうなり声が聞こえた。

ノエルは跳び上がるように体をビクつかせ声のほうを振り返った。

いつの間にか人の姿が表の玄関のほうに見えた。屈強な体躯の男は雇っている私兵らのようだ。

「ゼラフィお嬢様に炎撃を撃ち込んでもらえませんか」

静けさの中でその声がやけにはっきり聞こえた。

ゼラフィはノエルの姉だ。十一歳だが、炎撃が使えるのだ。ノエルはよく的にされて火傷を負わされているので知っている。

私兵の声を聞いてゼラフィは「やるわっ」と喜び勇んで庭に走り出ようとして父に怒鳴られた。

「とんでもないっ、ゼラフィはヴィオネ家の跡継ぎだ！　怪我でもしたらどうする！　顔に傷でも付いたら婿が来なくなるだろうがっ！」

「そうよ！　今言った奴は、首よっ！」

母までもがそう言い放つ。

邸の玄関前にいる使用人たちがざわざわとざわめいた。邸が魔獣に襲われれば、婿どころの騒ぎではないだろうに。

「炎撃を撃ってやるだけよ！」

ゼラフィが吠えたが、父は最後まで「駄目だ！」と怒鳴り続け、母も「私の娘が魔獣退治だなんて、やらせるわけないでしょ！」と喚《わめ》いていた。

ノエルは、心底、あの親たちはクズだと思った。

こうなったら、ノエルがやるしかないだろう。

――ひよこを護るためよ。ヴィオネ家なんてどうなってもかまわないし、あんな無責任な父たちなんか魔獣の餌になればいい。当主って、家を護るために働くものじゃないの？

「俺たちは魔獣の退治は仕事の契約に入ってないんですよ。先ほどからそう言ってるじゃないですか」

と私兵がなおも言い募る。

――そうなの？

ノエルは遠目に様子を見ながら首を傾げた。

「そ、それはそうだったが、今から契約を……」

偉そうだった父がにわかに気弱になった。

「そんなことはできやしませんよ。それに見合った給金ももらっていない。ただ、見回りをして不審者を追い払う、そのためだけに雇われたんです。ご存じのはずですよね」

「いや、だから……」

「こちらの家は魔導士の家系で、万が一魔獣が出たとしても攻撃魔法を使えると言ってましたよね。だから、俺たちは弱った奴を仕留めたりする程度で良いとね。まさかでまかせじゃないですよね？」

「でまかせだと！　不敬だぞ！」

言い合いながら私兵と父たちは邸の中に入っていく。

ノエルは心底呆《あき》れた。

彼らが邸に入ると、鎧窓が閉められ始めた。住み込みの使用人たちが鍵を確かめている。おそらく朝まで籠城するのだ。入り込んだ魔獣はほったらかしにする作戦だ。

――っていうか、作戦と言える？

ノエルが出てきた裏口もガタガタと鍵が確かめられている。

――ま、マズい……。

慌ててドアにしがみついたが、しっかり閉まっている。ドアを叩こうとしてノエルはその手を止めた。

――きっと、すごい怒られる。

こんな夜に勝手に出てきたのだ。あの様子では父たちは、きっと不機嫌だ。ノエルが外にいるとわかっても無視するに決まってる。

――今夜は鶏小屋にいればいいか。

ノエルの部屋は鎧窓が壊れていた。鶏小屋のほうが安全な気さえする。何度か、鎧窓の修繕はしてくれたのだが、窓枠自体が歪んでいて根本的に土台から真っ直ぐに直さないと窓が外れやすいのだとか。そもそもノエルが見ても付け焼き刃とわかる直し方なのだから、防御力は普通の窓の半分以下だろう。がっちり補強されている鶏小屋と、どちらが安全か迷うくらいだ。

それに、邸はぼろぼろなのだから、いざとなったらどこか壊れた窓から中に入るくらい簡単だ。

ふと、背後に禍々《まがまが》しい気配と唸り声が近づいてくることに気づいた。

「ま、魔獣が、入ってきてる……」

――本当にひよこが危ないかも……。

ひよこどころではないのかもしれないが、ノエルは痩せっぽちの自分よりもひよこのほうが美味しそうな気がした。

——攻撃魔法も練習しておけばよかった。でも、やり方わからないけど。

独学では、危ない魔法の練習はしにくかったのだ。

また唸り声が聞こえた。今度は先ほどよりも近い。いったい、どんな奴が入り込んでいるのだろう。

ノエルは開かない裏口から鶏小屋のほうへ移動しようとした。雑草だらけの庭がガサガサと不自然な音を立てている。冷や汗が背中を伝う。

突然、黒い獣が現れた。丸いボールのような、太ったネズミのような魔獣だ。

真っ赤な目がふたつ、爛々《らんらん》と輝いている。ぱくりと開けた口の中に白く鈍く光る牙が、丸い体には不似合いに鋭く尖《とが》っていた。

ノエルは咄嗟に結界を張り、襲い来る魔獣はノエルの結界に弾《はじ》かれた。

今度は斜め後ろからギャギャギャギャという不気味な声とともに、短躯に猿のような長い手足の魔獣が飛びかかってきた。これも結界で弾く。

ノエルの心臓は高鳴りすぎて壊れそうなくらいだ。緊張と興奮で息が浅く速い。

さらにもう一匹。蛇みたいな首のトカゲまで現れた。

——こんなにたくさん……。ヴィオネ家の邸は国神の加護の篤いところに建ってるって。父が自慢してたのに。だから、魔獣なんか来ないって。

視界の端に鶏小屋が見え、そこにも魔獣がいた。一回り大きいやつだ。

——あ、鶏たちが……。

うっかり視線を逸らした間に三匹がノエルに飛びかかった。

ノエルは驚いて退き、雑草に足を取られた。魔法が乱れ、結界が緩む。

倒れ込んだのはあの御守りのハンカチが焼けたところだった。

思わず掴んだ灰の混じった土を投げつけると魔獣たちの動きが怯んだ。

ノエルは咄嗟に三匹の魔獣を結界に包み込んだ。

狭い結界の中に閉じ込められた魔獣たちは互いに互いの首や顔を攻撃し始めた。

ギャギャギャ、ギシャシャ、グルウウグオオと、おぞましい声と噛み合う音がする。

ノエルは三匹を捕らえた結界を操りながら鶏小屋に急いだ。

小形の貧相な狼型魔獣が鶏小屋を攻撃し、鶏たちが盛んに騒いでいた。

ノエルは三匹を閉じ込めた結界に、鶏小屋を攻撃していた魔獣も入れてやった。

結界の中の争いはさらに酷くなりネズミ型魔獣と猿みたいな魔獣はすぐに斃《たお》れて動かなくなった。

残ったトカゲと狼は凄まじい勢いで互いを攻撃していて、ノエルがドキドキしながら様子を見ていると、ようやくトカゲが勝ったようだ。狼は首の肉を食われている。それでも動いているのだから魔獣は本当に丈夫だ。トカゲのほうも傷だらけだ。

ノエルは狼が死んだあと、結界を解いてから青息吐息のトカゲに慎重に近づき鍬《くわ》でとどめを刺した。

それから、鶏小屋に入り込んでひよこたちと眠った。

明くる朝。

朝ご飯は、自分へのご褒美にゆで卵を作って食べた。

魔獣の死骸を見た邸の者たちは「どうやら共食いして死んだようだ」と結論していた。ノエルは自分の魔法は父たちには秘密なのでなにも言わなかった。バレたらどうせこき使われる。とどめを刺した鍬に浄化魔法をかけ、片付けておいて良かった。

魔獣騒ぎはそれから二年ほど続いた。

あれほど酷い夜はそれきりだった。やはりヴィオネ伯爵家は良い土地に建っているらしい。ただし、四匹も入り込んだのはあれきりだったというだけで、一匹二匹くらいは珍しくなくなった。それが二年続いて幕を閉じた。

どこでなにがあったのだろうか。どこにどんな原因があったのか。

よくわからないが、二年の暗黒時代をノエルは死なずに乗り越えた。

国王が原因だという噂が本当なら、はた迷惑な国王だとノエルはつくづく思った。

国立学園へ

新入生説明会当日。

ノエルは講堂に集められた新入生たちの中にいた。

——ようやく入学……、長い道のりだった。

目の前に広がる新入生たちの姿を眺める。色とりどりの頭が並んでいる。

金髪赤毛焦げ茶銀髪……まさしく、色々だ。

——私ほど苦労したのは少ないわよ、きっと。

大柄な新入生が多いのは、国立学園の騎士科は騎士志望の学生に人気だからだろう。

王立学園にも騎士科はあるが、貴族の子弟が近衛《このえ》を目指して入ると有名で、マナーや社交術やお手本通りの綺麗な剣術を仕込まれてあまり強くはないらしい。国の剣術大会で活躍する者はごく少ないという。

王族の警護がそんな見掛け倒しの騎士で大丈夫かと、いささか不安になる。

実力を身につけたいなら国立学園の騎士科のほうがいいらしい。

王立学園と国立学園は共にアンゼルア王国を代表する学園で、よく比べられる。両校は受験の難易度はほとんど同じだが、「箔を付けるなら王立学園」「実際的な技術や知識を得るなら国立学園」などといわれている。王立学園からしてみれば悪口ではないかと思うような評価だ。

とはいえ、王立学園は王家や高位貴族からの寄付が桁違いで、著名な教授陣、最新の設備と教材、徹底した防犯対策と、学ぶのに恵まれた環境なのは確かだ。良家の令息令嬢にとっては安心して通える学園でもある。

そういった話は、寮に入ってから食堂の噂話を聞き込んで知った。

三週間ほど前。合格が発表された日。

ノエルは、奨学金をもらえることになったと知り、すぐに入学と入寮の手続きをした。

保護者署名欄は空欄のまま提出しようとして、当然、引っかかった。

やむなく、一旦、家に帰った。

父はいなかったので、母に「学校の入学に必要だから」と署名してもらった。

なぜか睨まれ、「なんで私がこんな面倒なことを」とぶつぶつと言われながら署名をもらった。

たかが自分の名を書くだけでここまで面倒がる親って、なんなんだと今更ながら思う。

とりあえず、署名をもらって、再度、学園に向かった。

余分に交通費がかかったせいで、帰りは途中から歩かなければならなかった。

残りの銅貨では短距離の乗り合い馬車にしか乗れなかったのだ。

一時間も歩けば帰れたので、よしとしよう。

今度は入寮のために交通費がいるので、またお下がりの服を売りに行った。

そんな大変だったことが思い浮かぶ。

寮に入る日は執事に言付けておいた。

「奨学金をもらえたので、国立学園に入ることになったわ。寮住まいするから、さよなら」

執事は目を見開いて言葉もない様子だった。

執事が固まっているうちに邸を出たので、後のことは知らない。

本当は行く先も教えたくなかった。迷いに迷って、結局、言ってしまった。

今更だが、執事が忘れてくれてたらいいのにと思う。

あんな家、もう帰りたくないし、あの人たちにも関わりたくない。

ぼんやりしているうちに学園の説明が進んでいく。

――いけない、聞いてなかった。

そういえば、入学前の緊張や興奮のためか昨夜は眠りが浅かった。

気を取り直して、教師の紹介をしている檀上に目をやる。

魔導の教師に歴史の教師、数学の教師、法学の教師……途中から意識がなくなった。

すっかり眠りこけて、ふと目覚めた。

自分の体がやけに傾いている。

肘掛けに頭を擦り付けるように寝ていたことに気づいた。

椅子がけっこう立派で、ノエルがかなり小柄なために椅子の中に丸まるようになっていた。

知らぬ間に髪が隣の学生の腕にかかっていた。

慌てて体勢を立て直す。

「あ、ご、ごめんなさい」

ノエルは小さく詫びた。

動揺しながらも大声をあげなかったことだけは自分を褒めてやりたい。

隣の大柄な男子は口元を綻ばせている。

――お……美形？

これ以上、迷惑をかけるわけにもいかないので、再度、頭を下げると檀上に視線を向ける。

ひと眠りしたおかげで残りの話はきちんと聞けた。


この日は教室の確認や、クラスで担任のラーラ・ドイル教師の話を聞いて終わった。ラーラは神経質そうな年配の女性で、ノエルは若干、苦手なタイプだ。厳しそうな雰囲気が母を思い出させるのだ。

ノエルは十日ほど前に、入寮の準備が整い次第寮に入ったので学園の施設は偵察済みだった。

今日は図書室に寄ってから寮に帰ろうかと考えていた。

配られた教科書を袋に詰めていると、担任のラーラに声をかけられた。

「ノエル・ヴィオネ。教務のほうから話があるらしいので第三会議室に行きなさい」

「え、はい」

――なんだろ？

説明が足りなすぎて不安だ。

第三会議室は教務棟の二階にあった。小さい会議室だ。

中に入りドアのそばにある椅子に座って待っていると、ノックののちにすらりと背の高い男性が入ってきた。

見覚えがある。

――試験官の人……。

実技試験で「得意技」を披露したときの試験官、ふたりのうち若いほう、試験の時に卵を取りに行くという手間をかけさせてしまった人だ。

くるみ色の髪に琥珀《こはく》の瞳、端正な顔に見覚えがある。

もうひとりの年配の試験官は、黒に近い焦げ茶の髪に紫の瞳をしていたのもついでに思い出した。

ノエルは慌てて立ち上がった。

「いや、座っていていいよ。ノエル・ヴィオネ。私はアルノール・ロシェだ。魔導担当教師だ。高等部の学生を教えている。君の試験監督をしたのを覚えているか」

「覚えてます。若いほうの人」

動揺していたノエルは余計なことまで喋ってしまった。

「まぁ、そうだけれどね」とアルノールは苦笑しながら自分も椅子に腰を下ろし、説明を続けた。

「あの魔法実技の試験はたまに緊張した受験生が事故を起こすことがあるので、慣れた魔導士が試験官をすることになっていてね。たまたま君の担当をしたんだ。それで、なぜ君を呼んだのかというと、君は結界の付与をやってのけた。付与魔導士は世界的にも珍しいんだ」

「え？　あ、いえ。それは、誤解です。私は、付与魔導士とかではなくて、ただ結界魔法がやたらうまいだけなんですけど？」

ノエルは、アルノールが多大な勘違いをしていることに焦った。

付与魔導士のことは知っている。武器や防具に強化魔法をかけられる魔導士だ。

だが、ノエルができるのは得意の結界魔法を短時間、卵にかけるだけだ。そんなすごいものではない。

「結界魔法がうまいのと自分以外の無機物に結界を与えられるのとは、全く違うんだよ。わかってないみたいだが。それから、君が言っていたことも、若干、引っかかってるんだ。君は、ミシェリー教授に……つまり、教授はもうひとりの試験官だけれどね。君の姉が王立学園に通う金でヴィオネ伯爵家の学費は尽きたとか、もしも奨学金が得られなかったら町立学校に通うとか、そう言っていたそうだね？」

「は、はぁ……確かに言いました」

　あのときは必死だったので暴露してしまったが、今思えばかなり恥ずかしい話だ。

　――でも、事実なんだけどね。

「君の情報を記録した書類にも、備考欄に『入試申し込みにひとりで来ていた』と記してあった。貴族でありながら付き添いがいないというのは、家の者が子弟の安全対策を怠っている可能性があるということで要確認事項なんだ。おまけに、奨学金が得られなければ町立学校に行くとまで言っていた。はっきり言って、町立学校は防犯の面でかなり緩い。貴族の令嬢が通うのは理想的ではない。丈夫そうな男子ならまだしも。つまり、君の実家であるヴィオネ伯爵家は、国立学園側では問題のある家庭の可能性があるとリストに載っている」

「はぁ」

　ノエルは、ついとぼけた返答をした。

「それで、君が付与魔導士の可能性があることをヴィオネ伯爵家に相談……」

「いえ、それはやめてください！」

ノエルは気がついたら叫ぶように声をあげていた。

「やっぱり嫌なんだね」

アルノールが苦笑する。

「それは……、そうです」

「事情を話してもらえないかな？」

「えと……。お知りになりたいのは、どういうことですか？」

「君の家庭の問題を把握したい」

「把握されたら、どうするんですか？」

「改善が必要なら手を貸そう。ただ、故意の虐待などの場合は、明らかな犯罪という証拠を集める必要がある。確証がなければ手を打てないのでね」

「それでは手を打てないということですね？　私の証言だけでは、確証にするというのはムリじゃないですか」

ノエルがそう言うと、アルノールは眉をひそめた。

十二歳の少女の言葉とは思えない。

「……君は、ずいぶん、しっかりしているね」

「ずっと、考え続けたことですから。考えて考えて、いつも考えていたことです。暴力を振るう姉と、虐待としか思えない家事手伝いをさせる母から逃れる方法ってあるんだろうかって。使用人たちも、皆当然、主の側の人だし、父はいつもいないだけで私への扱いは母や姉たちと同じです」

ノエルは惨《むご》い話を平気な口調で続けた。その平淡さが余計に痛ましく思えた。

「町の図書館に行って調べたことがあるんです。子供の死因についての資料を読んだこともあります。親の虐待で死ぬ子供は珍しくない、という文を何度か目にしました。気になったのは『原因不明で家庭内で死ぬ子の数』です。虐待とは、別の数字だったんです。何度も資料を見て確認しました。虐待で死ぬ子の数。それとは別に、原因不明で死ぬ子の数。原因不明のほうが多かった。それで疑問だったんです。殴られても、なにされても、親が『自分は関係ない』と言ったら、誰が助けてくれるんだろうって。死んだ子供と、貴族の親と、どちらが信用されるんだろうって」

アルノールは『これは誤魔化せないな』と内心でため息をついた。

「君の扱いが悪いのは、なにか原因があるのかな？」

原因がなんであれ、悪いのは親だろうとは思うが、一応尋ねてみた。

ノエルは淡々と答えた。

「私が魔力の鑑定を受けたのは四歳のときです。神官の方は『早い』って言ってました。でも、姉のゼラフィは三歳で指に炎を纏わせる魔法が使えたんです。だから両親は、私の鑑定もできるだろうと判断したわけです。でも、そのときの鑑定結果ではほとんど魔力はなかった。それから私は、使用人よりも酷い扱いを受けるようになりました。領地から送られてくる大量の芋を倉庫に運ぶ仕事をやれと言われたのは六歳のときです。姉には炎撃の的にされました」

ノエルは制服の袖をめくってみせた。

昔の火傷の痕が何カ所もあった。顔や頭を腕で庇《かば》った痕だ。ノエルの結界よりもゼラフィの炎撃の方が強かったからだが、結界を張らなければもっと悲惨だった。

　アルノールは思わず顔を歪めた。

　ノエルは彼の表情など気づかないままに話を続けた。

「背中にはもっと火傷の痕があるはずです。自分ではよく見えないけど。腕よりも何度もやられましたから。それで自分の身を守るために結界を張るのが上手になったんです。得意中の得意です。ただそれだけです。卵に少々の結界魔法をかけられるだけの人間が付与魔導士のわけないです。でも、どちらにしろ、家になんか言ってほしくないです。なにかに利用されるのが落ちですから。万が一、私が付与魔導士だったとしても家にバレたらこき使われるだけです。そんな話をヴィオネ家にするのなら、私はどこか孤児院に逃げます」

　ノエルは一気に喋った。

　アルノールはじっと考え込んでいたが、おおよそ方針は決まっていた。

問題のある家からこの才能のある少女を引き離すのはやぶさかではない。

どこまで話すべきかは検討の余地があったが、ノエルはしっかりしている。

　話して問題はないだろう。

「ノエル。先ほども話した通り、付与魔導士は世界的にも稀《まれ》なんだ。我が国では、過去にも付与魔導士がいたことはない。確認できた記録ではただのひとりもいないんだ。付与魔導士が武器や防具に強化魔法をかけられれば、騎士団の戦力が上がる。ゆえに、付与魔導士は国に囲い込まれることが多い。フリーで働いている者もいるが、付与魔法が与えられた武器や防具は高価なので、彼らは皆裕福だ。十分に防犯の施された環境で人に会わずに暮らしている。つまり、彼らの情報は、我が国にはとても少ない」

付与魔導士の希少さを説くとノエルは呆然としている。他人事のような様子だ。アルノールは心中で苦笑しながら話を続けた。

「君が本当に付与魔導士かどうかはこれから確認する。それまでは君のことは秘密だ。知っている者は、学園長と私と、入学試験のときに立ち会ったもうひとりの試験官セオ・ミシェリー氏、この三人だけだ。君が付与魔導士だと確認されたあとはもう少し報告する必要が出てくるけれど、その場合も事前に君と話し合うことを約束しよう」

「では、それまでは学園に通えるんですね」

「学園の卒業が君の希望だろう？　それは叶えたいと思っている。ただ、万が一、君が付与魔導士だと知られたら誘拐の危険が出てくる。そうならないように十分に注意しなければ、学園生活は難しいと思ってくれ。少なくとも、私は君を付与魔導士だろうと思っている。なぜなら、君の卵は、あの試験からひと月も経つ今でも、君の結界を纏っているんだからね」

そう言いながら、アルノールは書類入れから小袋を取り出し、さらにその中から卵を手に取った。

アルノールの掌の上で、卵はわずかに宙に浮いてみえた。

卵を宙に浮かせているのはノエルの魔力の「箱」だった。

信じがたいことに、結界の魔力がそのまま形を留めているのだ。

――まさか……。

「わかりました」

ノエルは動揺し、よくわかりもしないくせに頷いてしまった。

◇◇◇

ノエルの学園生活が始まった。

入学してから四日後には、またアルノールと会って打ち合わせをした。

ノエルはもしもクラスメイトに何か聞かれたら「奨学金をもらっているので教務の手伝いをしている」と答えることになっている。

この日は卵以外の物に結界の付与をした。

革製の籠手《こて》に結界を張るのは難しかった。素材や形によってやりにくさが違うようだ。

「ノエルは、騎士たちが剣に纏わせる炎や雷と付与魔法を混同させているけれど、別物だからね。騎士たちが剣に炎や雷を纏わせるのは、魔導士の短杖《たんじょう》を剣に代えただけなんだ。騎士が剣を手放せば纏わせていた炎は消える。余分な魔力は霧消して終わりだ。剣に留めておくことはできない」

「無駄になってしまうんですね」

「そもそも騎士たちは剣に魔力を溜めるなんて思ってないからね。普通無駄な魔力といえば、魔法の効率の話だよ。こめた魔力を全て魔法に変換できるかは魔導士の技術次第なのでね」

「なるほど……」

「そうだ、ノエル。君は大事な得意魔法を私に教えているのだから私も教えてあげよう」

「ロシェ先生の得意魔法ですか」

ノエルは目を見開いた。

――それは興味津々だわ。

ノエルがドキドキしながらアルノールが告げるのを待っているとアルノールが苦笑した。

「そんなに楽しみにされると照れてしまうな。ノエル、袖をめくって腕を見せてくれ」

そう言われてノエルは戸惑った。正直、火傷の痕だらけの腕は、ノエルにとって醜く辛いものなのだ。

それでも、アルノールの得意魔法となにか関係があるのだろうと思い、袖をそっとめくった。

アルノールがノエルの細い腕を手に取る。男らしい、大きな手だった。

アルノールは魔導士だからか、背は高いが体つきは細いように見える。けれど、やはり男性だ。

彼の形の良い手は、ノエルとは比べようもなくしっかりしていた。

ノエルが戸惑っていると、ふわりとアルノールから魔力が流れてくる。

――あ、温かい。人の魔力って温かいんだ。

すると、信じがたいことに、ノエルの引きつったような火傷痕が少しずつ薄くなっていく。

「え？」

さらに見つめているとすっかり綺麗になってしまった。

「あ、あの、火傷……が」

「私の得意魔法だよ。治癒なんだ」

アルノールがにこりと微笑む。

ノエルの目からぶわりと涙があふれる。

「ああ、そんなに泣かないでくれ」

アルノールが焦ったようにノエルの髪を撫《な》でる。

「せんせ、あ、ありがとう、ございます」

「人に言ったらダメだよ」

「言いません、永遠に言いません。誓います」

「約束だね」

アルノールは、ノエルが泣き止むまで優しく彼女の髪を撫で続けた。

◇◇◇

ノエルが新入生説明会で居眠りしたときに隣にいた学生はディアン・ルロワという侯爵令息だった。ルロワ侯爵家は噂に出るくらいに裕福だ。

なぜ、王立学園ではなくて国立学園？　とディアンに尋ねてみた。

ディアンは、あれから、居眠りの縁で気安く話せる友人になっていた。

「今、王立学園中等部には王族が通ってるからな。公爵令息も何人かいるし。面倒だろ？　おかげで警護が厳重なんだ。授業内容は同じだし、学歴としても遜色ないし。こっちのほうがいいよ。俺は三男だから自由にさせてもらった」

「王族って誰？」

「ノエル、何も知らないのな。第四王子サリエル殿下だよ。ふたつ年上だってさ。おそらく殿下は、高等部からは法学部だろうけどな」

「ふうん」

「サリエル殿下は美男で優しいから大人気らしい」

「美男？　ディアンより？」

「……ノエルも人たらしだな。俺よりだろ、もちろん」

「それは凄いね」

「だから、人たらしやめろって。ノエルも可愛いけどな。そのくりくりの金の髪とかもさ」

ディアンが笑いながらノエルの髪を撫でた。

ディアンは、たまにこういうスキンシップがある。ノエルは嫌われて育ったので慣れていない。

アルノール教師にも撫でられたが、あれは憐《あわ》れまれたのだろう。ノエルが泣いてしまったからだ。

父性愛というものか。

ノエルには縁のなかったものだ。

ずっと年上の教師に恋するほどノエルはませていないために、アルノールはお父さん枠だ。

こんな素敵な優しいお父さんだったら、どんなに幸せだっただろう。

同い年のディアンに触れられるのはまた別だ。

最初のうちは固まってしまった。今でも戸惑うけれど、嫌じゃない。

クラスメイトに「ふたり、恋人か」と揶揄《からか》われたこともある。

ディアンが即行で「違うっ！」と否定していたのがちょっと悲しかったし、ムッときた。

「そこまで思い切り拒絶されると感じ悪いんだけど……」

「いや、だって、誤解されると女性側のほうが困るだろ」

ディアンが慌てて言い訳をした。

単なる言い訳だ、どうせ本音が出たのだろう。

「それはまぁ、そうだけどね……」

拒否されても無理ない。

ノエルは典型的な「不良物件」だ。

ヴィオネ伯爵家は貧しくて有名らしい。クラスメイトがそう話していた。

普通なら、貧しいなら目立たないだけだろう。でも、ヴィオネ家は歴史だけはある古い伯爵家だ。

古い高位貴族は、魔導士の家系が多い。戦時に魔導士として活躍し、領地と爵位を賜った。

ゆえに、名前だけは知られていて、今では貧しい村がふたつきりの領地しかないというのも「領地配置図」を見れば一目でわかる。

その上、ノエルは次女だ。ノエルと結婚しても婿入りはできない。

たとえ、婿入りできたとしても貧しい暮らしが待っているだけだ。

次女のノエルを嫁にして繋《つな》がりを持ってもなんら得はない。

ディアンは裕福な侯爵家の子息でおまけに美形だ。サラサラの焦げ茶の髪に紺色の瞳をしている。

良い婿入り先は幾らでもある。

一緒にいて楽しいディアンにノエルはどうしても惹《ひ》かれるが、同時に駄目に決まってるのも心得ている。

――こんなんだったら、もういっそ平民になったほうがよほどいいかも。勘当してくれないかな。あの家と関わるとろくなことないし。

ノエルは、どうせ結婚などできない。

なによりも自由になりたい。

中等部を卒業する頃には十五歳になる。頑張って、高等部も奨学金をもらう予定だ。高等部卒業時には十八歳で成人だ。

――「飛び級」できたら、早く卒業して王都を離れるのもいいな。

アンゼルア王国の学園では、高等部に「飛び級制度」がある。

成績優秀者は、希望すれば早く卒業試験を受けられるのだ。合格できれば卒業証書をもらえる。

国立学園卒業の学歴があれば、就職先は幾らでもあるだろう。

どこか遠くで働こうと思う。ヴィオネ家のヴの字も聞かないはるか遠くで暮らすのだ。

そんな想像だけで幸せな気分になれた。

◇◇◇

入学して一カ月が過ぎた。

今日の魔導理論はペアになっての実技だ。

――……憂鬱。

ノエルは、女子に嫌われている。

初めは理由がわからなかった。しばらくして、ようやくわかった。

ディアンに婚約申し込みをして断られた伯爵令嬢がいる。エリーザ・コリンズという。

赤茶の髪に碧眼《へきがん》で、化粧が濃い。十二歳で厚化粧というのはかなり目立つ。

貴族令嬢はみんな化粧をしているが中等部一年ではさすがに薄化粧だ。

ノエルも化粧はしてみたいけれど化粧道具を買う金がなくてすっぴんだ。エリーザとノエルが化粧を半分ずつ分け合えば丁度いいかもしれない。

そのエリーザがクラスでノエルの悪口を言いまくっている。

エリーザは初等部から国立学園に通っていて友人が多い。女子はエリーザの味方だ。

エリーザが陰口を叩いている内容は「婚約者でもない男とイチャイチャしている、はしたないビッチ」というもので、ビッチというのがノエルのことだ。

ノエルはビッチっぽいことはしていない。

イチャイチャもしていないつもりだ。

時々ディアンに髪を撫でられているが、ディアンはノエルのことは恋人ではないとはっきり否定している。

たったこれだけのことでビッチ呼ばわりされるのは納得がいかない。

ノエルは、ペアで授業を受けるときはいつも余りもの同士でリンダ・ナゼルと一緒になる。

リンダは短気なのだ。

姉のゼラフィと似ている。すぐに怒って怒鳴りだす。

今日もリンダと一緒か、とうんざりしていたら、なぜかライザ・メリソンが声をかけてきた。

最初の自己紹介で、メリソン子爵家の次女とノエルは記憶している。

金茶色の髪に綺麗な緑の瞳をしている。格好良い、背の高い令嬢だ。

「一緒に組まない？」

素っ気ない言い方だが、リンダと組むよりはよほどマシだ。

「あ、うん、もちろんいいわ」

――いつも組んでる友達はどうしたんだろ？

ノエルが疑問に思いながらも答えると、

「いつも一緒のジェーンは、婚約者と組みたいのよ」

ライザの視線の先には、灰色の髪の可愛い子が小柄な男子と仲よさそうに話している姿がある。

「へぇ。婚約者と組むとかもあるのね」

ノエルはそんなことは考えたこともなかった。婚約者なんて自分とは無縁の存在だ。

「これからそういう子は増えると思うわ」

「ふうん。あ、そういえば……」

リンダはどうするんだろう、と思いながら教室を見回すと、前のほうの席でなにか言い合いをしている。

リンダがいる辺りだ。

怒り顔のリンダの隣に泣きそうな顔の令嬢がいた。

リンダは焦げ茶の髪をひとつに縛っていて、隣の気弱そうな令嬢は黄色い髪をふんわり肩に垂らしている。

「私がノエルさんと組むってアルガン先生に伝えておいたから。今日はあのふたりが組むわけよ」

ライザはそう言い、肩をすくめた。

「あのアニーさんって人、アルガン先生のお手伝い係じゃなかった？」

ノエルがライザにこっそりと耳打ちすると、ライザが呆れた。

「あなたねぇ……。そんな『係』があるわけないでしょ。女子がどうしてもひとり余るからって、あの子が先生にペアを組んでって泣きついたのよ」

ライザも耳打ちするように小声でノエルに教えた。

「へぇ。そんな手があったの」

ノエルは、リンダと組むくらいならそうさせてもらえば良かったと思った。

「ふつうはそういう場合は、三人組をひとつ作るものよ。……自分もそうすれば良かったと思ってるわね？」

「いや、まぁ。だって、誰でもそう思うでしょ？　リンダはすぐに怒鳴るのよ」

「その気持ちもわかるけどね。美男のアルガン先生を独り占めすると女子の風当たりがきつくなるわよ。女子たちに、今以上に嫌われたくないでしょ？」

「やっぱ、嫌われてるわよね、私」

ノエルはさすがに気落ちした。

「私は、コリンズ嬢の言う悪口はただの嫉妬だってわかるけど。あの女たらし風のルロワ侯爵家の子息に、髪を撫でられて黙ってるのは感心しないわ」

「え？　そ、そう？　はしたなかったかな……」

「そうよ。ああいうイチャイチャは婚約者とすべきね」

「そっか……。気をつけなきゃね。誤解されるわ」

「もうされてると思うけど。まだ挽回はできるわ」

「うん、ありがと。教えてくれて」

礼を言うと、ライザは目を見開いた。

「あなた、けっこう素直ね。いつもひとりでツンッとしてるから、もっと感じの悪い子かと思ったわ」

「ひとりなのは友達がいないだけなんだけど……。中等部で入学したら、もう、みんな、初等部からの友達とくっついてたじゃない。私はその中に入り込むのに失敗しただけだし」

国立学園の騎士科が人気なのは知っていたが、魔導科も人気らしい。

国立学園は魔導士の育成のために国が作った学園だけあって魔導科には力を入れているし伝統もある。

ゆえに、初等部から魔導科に通う貴族の子もそれなりにいた。

「あー、まぁ、そうね。あと、茶会とかで知り合った友達とかもいるしね。私はジェーンとは茶会で知り合ったのよ。ノエルさんは、そういうの出てないの？」

「茶会なんていう上品なものとは無縁だったわ」

「……茶会が上品？」

ライザが怪訝な顔をする。

喋っているうちに他の人たちもペア決めが済んだ。

相変わらず不機嫌顔のリンダと目をうるうるさせたアニーがペアだ。

実技の授業中、アニーがアルガン教師に助けを求めて何度も授業を中断することとなり、クラス中から顰蹙《ひんしゅく》を買っていた。

ライザとはそれからよく喋るようになった。ライザの親友のジェーンがいつも婚約者と一緒にいるようになったからだ。

——婚約者に簡単に乗り換えて、それでも親友なんだ……。

友達のひとりもいなかったノエルにしてみれば、親友という言葉の幻想が崩れた気分だ。

友情よりも恋愛の感情のほうが強いものらしい。

——まぁ気の毒な子供の虐待よりも恋愛優先の侍女もいたし。人なんてそんなものなのね……。

ノエルは、ヴィオネ家の侍女に厩の掃除を押し付けられたことがあった。

いつも優しいフリをしていた侍女は、裏で厩の男とイチャイチャしていた。その侍女が母に「厩の手が足りてないようです」「ノエル様に手伝ってもらえると助かるみたいです」と話してるのを聞いてしまった。厩のためではない、恋人の時間を空けさせるためだ。

明くる日。

ディアンと喋っていると、またディアンがノエルの髪を撫でようとした。

ノエルはさりげなく避けながら、

「ディアン。私の評判が悪くなるから、それはだめ」

と断った。

「ハハ。評判って？」

「すごい不本意なんだけど、びっち……とか」

ノエルの最後の言葉は消えそうに小さくなった。

「なんだよ、聞こえない。もっと大声で言えよ」

ディアンがノエルのほうに顔を寄せる。

「良い言葉じゃないのよ！　淑女に言わせんな！」

「淑女が『言わせんな』とか言うのかよ、ホント、お前、面白いな」

「面白いって、悪口でしょっ！」

「いや、褒めてるって」

ディアンは笑いながら男子の仲間のほうに行った。

——なんとか阻止できたわね。

ノエルもライザのほうへ行った……が、ライザが微妙な顔をしている。

「ライザ、どうしたの？　おなかでも痛いの？」

「いや、まぁ。頑張ってるのは認めるわ……」

ライザはふたりのじゃれ合いを見ていて思ったのだ。

――ディアン・ルロワって、けっこう腹黒じゃない？

と。

ライザには、ディアンが絶対わざとやっているように見えた。ノエルの評判を落とすようなスキンシップを、故意にやっているのだ。とはいえ、侯爵令息のディアンに逆らうのは難しい。

それに、ライザの印象だけで決めつけるのもマズいだろう。

――たちの悪いのに目を付けられたわね、ノエル。せめて私は友達でいてあげようかな。ジェーンは婚約者に夢中だから、今のところひとりだし。

その後、ライザはノエルの世話係を自然とするようになった。

閑話　ディアンの思惑～侯爵令息の結婚観

ディアン・ルロワは、最近、少々苛ついていた。

ディアンが目を付けているノエル・ヴィオネに友人が出来てしまった。

ディアンは侯爵家の三男だ。ルロワ侯爵家は裕福な家で、それなりに人脈もある。

だが、三男ともなると、身の振り方を自分で考えなければならない。

ディアンは自分の容姿には自信があったので、資産家の伯爵家にでも婿入りするかな、と考えていた。

甘かった。

現実をわかっていなかった。

アンゼルア王国が、大して豊かな国ではないことを。

国が魔導士の育成に力を入れているのは、魔導士の人数が国力に直結するからだ。

だが、対策が遅すぎた。

あと五十年早く手を打つべきだった。

かつてアンゼルア王国では家柄重視の世の中が定着し、家格のみが大事にされていた。

家格の高い家が、すなわち有能な家だったらそれで良い。

単に権力を得る能力のみが高く、小狡く金儲けをするのが上手いだけの家もある。

国にとっては、そんな家ばかりが贔屓《ひいき》される状態は決して良くなかった。

魔導士は、こき使われて搾取される「資源」だった。

権力を持ち、金のある者たちが魔導士を契約で縛って搾取した。

だが、彼らは忘れていた。

魔導士は逃げる能力も高いことを。

長い年月を経て、魔導士が逃げ続けたアンゼルア王国は、今や隣国から魔導具を大量に輸入しないと成り立たない国になっていた。

魔導士がいないとどうしても困る分野があるのだ。

例えば、魔導具の生産。

魔導具を作るには、魔力を込めなければならない部分がある。

近年の魔導具作りは、錬金術師に頼り切りだった昔のやり方からだいぶ進化している。

ところどころに、雷魔法や火魔法での素材の変成を使うのだ。

そのように作ることを見越して、魔法陣の設計もされている。

そのかわり、ひとつの魔導具の制作には、魔力操作の巧みな魔導士が幾人か要る。

数少ない錬金術師に頼るよりも、ずっと現実的な作り方だ。

だが、その魔導士がアンゼルア王国には少ない。

魔獣の討伐にも、魔力で剣を強化して使える騎士は重要だ。

剣に火魔法や雷魔法を纏わせられる騎士なら、魔獣を一刀両断できる。

戦闘に魔法を使える魔導士は、魔力量「中」以上が理想だ。

騎士の魔導士率が、アンゼルア王国は少ない。

国防が心配になるレベルだ。国は、魔導士の騎士が足りない穴を攻撃魔法の魔導具を装備することで補っている。ぶつけて爆発させる魔導具を騎士らに持たせるのだ。

魔導士が少ないために余計に金をかけて攻撃魔法の魔導具や、制作が追いつかない魔導具を輸入しなければならなかった。

魔導士を高給で優遇することで、ようやく魔導士の国外への脱出を阻止し始めた頃には、アンゼルア王国は近隣で最も魔導士の少ない国になっていた。

魔導士の数は国力に関わる。愚かな国の中枢は、長らくそのことを甘く見ていた。

国の税収は、魔導士の足りないことで起こる損失を埋めるために使われ、治安や福祉や街道の整備は後回しにされている。

その結果、我が国は治安が悪く貧しい国に落ちぶれた。

「兄上のあの相手にはびっくりしたな……」

ディアンは昨夜のことを思い出した。

ルロワ家の次男である兄がようやく婚約した。

ディアンは会ったことがなかった。

昨夜、婚約者が邸にやってきた。

彼女の姿を見て驚いた。

——なんでこんな地味な女を選ぶ？

次兄は、ディアンと似ていて美男だ。

それに、ルロワ家は金のある侯爵家だ。

てっきり、美しく資産もある家から婚約者を選ぶと思っていた。

ところが、どう見ても兄のほうがずっと麗しい。

ディアンは婚約者が帰ってから兄に尋ねたのだ。

「兄上は、面食いじゃなかったっけ」

かなり失礼な問いだが、兄は疲れたように笑うだけだった。

「仕方ないだろ。資産も、家柄も、容姿も……なんて、選べる立場じゃない」

「え？　ルロワ家の子息が？」

「はぁ、ディアン。わかってないな……。父上が頑張って王宮で仕事をしてるし領地からの収益もそれなりにあるから我が家は裕福だが、次男の私が選べる相手は限られているんだよ。ドルセン王国とアルレス帝国からの留学生が、我が国の公爵家や侯爵家の令嬢を嫁に連れていってしまってるだろう」

「……ええ……」

ディアンは嫌な予感がした。

「ドルセン王国とアルレス帝国は強大な国だよ。ドルセンとアルレスの高位貴族や王族に嫁を求められれば、どの家も喜んで差し出すさ。あれらの国は金がある。おまけに、そういう高位貴族や王族は、男女の産み分けの技術くらい確立している。富裕な家の夫人や愛妾《あいしょう》たちが、男児と女児、どちらを産みたがると思う？」

「……男」

「だろ？　だから、他の国に嫁漁りに来るわけだ。貧しい我が国なんか丁度良い。美人を選び放題だ。そんなわけで、王立学園の美人たちはもうみんな売約済みなんだ」

「なるほど……」

ドルセン王国とアルレス帝国は魔導具の輸出で儲けている国だ。我が国とは丁度正反対だ。

こんな国に見切りを付けて、良家の令嬢たちが隣国に嫁入りしていくのは当然なのかもしれない。

ディアンは、その話を初等部の終わりに聞いた。

ゆえに、中等部からは国立学園に入学しようと決めた。

もう高位貴族の令嬢はあきらめたのだ。伯爵位以下で金があって美人のいる婿入り先を探すために。

それで、ノエルを見つけた。

容姿が最高に好みだった。ディアンは可愛い系美人が好きなのだ。

ノエルは将来有望な顔立ちをしている。

だが、残念ながら、ヴィオネ伯爵家だ。

血筋は良いが、貴族家の中では底辺にほど近い貧乏な家。おまけにノエルは次女だ。

——見た目は最高に可愛いのに残念だ。

だけど、将来の愛妾候補としてキープはしたい。

喋っていて楽しいし、素直で性格は良く頭もいい。

——でもなぁ。本命にはムリだな。

そんなノエルに、ライザという友人が出来た。

ライザは面倒見の良い女子で、ふたりはみるみる親密になっていった。

ノエルははっきり言って、ライザに夢中だ。

ディアンよりも夢中かもしれない。

――くっそ。

ディアンはやむなく、学業と婿入り先探しに精を出すことにした。

ディアンの魔力量は「中」。

一口に「中」といっても色々だが、「中」ランクの真ん中くらいか。なかなか良い値だ。

――嫁に魔力量「大」の子を選べれば、高給取りになってくれるかもしれないな。「大」なんて五千人にひとりくらいしかいないっていうが。魔導科の学生の中には、あるいは……。

だが、残念ながら、学園は学生たちの魔力量を公表していない。

魔導士の少ないアンゼルア王国では、魔力量の高い子を誘拐する事件も起こっている。

魔力量の高い子供は貴族家の子が多いため、そうそう簡単には攫《さら》えないが学園で起きたら困る。

ゆえに、学生の情報は極秘なのだ。

学生たちにも、自分の情報は誰にも言わないよう指導している。

身を守るためと言い聞かせ、入学時には秘密厳守を契約書に署名させる念の入れようだ。

五年ほど前に王立学園の学生が、他の学生の情報を犯罪組織に売り、それが学生誘拐に利用されたことがあった。それ以来、学園はどこもピリピリしているのだ。

魔法実技の様子を見ていれば魔力量の高い低いはだいたいわかるが、教師はその辺は見越していて、すぐにわかるような授業のやり方はしない。

――貴族家の子は楽々実技をこなしているところを見ると魔力量が高いんだろうな。

そういえば、ヴィオネ伯爵家は古い魔導士の家系だし、ノエルも魔法はうまいよな、とふと思った。

ノエル、学園にて。付与魔導士への道

「先週、付与魔法の武器は魔剣と比べられると話しただろう？」

アルノールにそう問われて、ノエルは「はい」と頷いた。

ノエルが尋ねたのだ。

付与魔法付きの剣は、魔剣と同じくらいの価格と本に載っていたが本当ですか、と。

「付与魔法の剣は、魔剣と比べられながら値段が付けられているよ」

とアルノールは答えた。

付与魔法の武器よりも、魔剣のほうが歴史が古いのだそうだ。

付与魔法のかけられた武器や防具は、低級、中級、上級とランク付けされている。

どれだけ長持ちするか。どれだけ強い力が付与されているか。

魔力を測れば、おおよそ価値がわかるという。

「魔剣の定義だが。大まかには『魔力の籠もった剣』を魔剣と呼ぶ場合もあるが、狭義では『魔力の籠もった出自のわからない剣』となっている。つまり、付与魔導士が作った剣は魔剣とは区別しているんだ。魔剣の何割かは、呪いによって作られているのでね。呪いの知識自体が禁忌になっているために研究が進んでいないんだ。まぁ、それは置いておくとして……。魔剣は、使いにくいものが多い。過去には、手にした途端、目の前の生き物を殺して自分の喉も刺すという効果がついたものもあった。効果というか、呪いだな。聖剣と魔剣はその力が長く衰えないところ

は似ている。ただ、魔剣は、突然普通の剣になってしまった、という例がけっこう記録されている。一方で、付与魔法付きの剣は、売りに出されているものは付与の効果が一年から十年くらいまでが多いようだ」

「一年も……」

ノエルは卵の結界が一カ月も保ったことさえ驚いたくらいだ。

「魔剣は、周囲の悪意や呪詛といった闇を吸収してその効果を長くもたせている、といわれている。これに対して、付与魔法の剣は周りの魔素を吸収している。周囲の魔素を利用するのは、付与魔法の大きな特徴だ。ノエル、平気な顔をして聞いてるけど、これは凄いことなんだよ」

アルノールが苦笑した。

「凄いと言われましても……」

ノエルは困った。まだ自分でも付与魔法のことが実感できていないのだ。

「魔導具でもそういった機能を持たせることはできるが、まだ魔素というものの性質が全て解明されていないので効率的な利用はできていない。そのために複雑でかさばる機構になる。剣や小物には使えない」

「へぇ……そういうこともあるんですね」

「まぁ、よくあるといえば、あることだな。例えば錬金術師の技術は、他のやり方でも代用できるが、そうするためには複雑な作業が必要になるのに似ている。あるいは、人や動物は、仕組みがわからなくても目で物を見ることができるが、それを魔導具で再現するのはかなり大変だ。そんな風に、そういう現象があることはわかっていても、人の技術で利用することができるとは限らない。付与魔法も同様に、付与魔導士が与えられた能力だ。だが、それを人間が再現できるとは限らない。ノエルの卵の結界は二カ月目だよ。魔素を使っているから、結界がもっているんだ」

「そ、そうですか。意外です。いつも、私が手に取ると込めた魔力が吸収されてなくなってたので……」

「本当かい？」

アルノールが目を見開いた。

「はい。魔力が持ち主に返ること、知らなかったんですか？　先生」

「知らなかったなぁ。すごい情報だ」

「えー？　すごい情報？」

単に、魔力が持ち主に返ってしまうことがすごい情報とはこちらが驚きだ。

後日、他の付与魔導士が魔法をかけた品を試したところ、魔力の吸収はできないことが確認された。

また、自分の作ったものは、魔力が自分に吸い込まれるのを押し返すように防ぐと問題なく触れるようになった。

◇◇◇

ノエルは学園に入学してから魔力検査を受けた。

新入生で魔力検査を希望する者は誰でも受けられるのだが、ノエルは受験で付与魔法という稀な魔法を披露してしまったこともあり、密かにミシェリー教授が担当してくれた。

その結果、魔力は「大」で、魔法属性は「風」「火」。次いで「土」だった。「水」もわずかにあった。

四歳で魔力量の鑑定を受けたとき、魔法属性はなにも言われなかった。ノエルの魔力量がごく少なかったからかもしれない。

アルノールは、ノエルの魔法属性を再度、詳しく調べた。

「水はわずかだが、土はそこそこ強いね」

とアルノールは鑑定の魔導具を見ながら言う。

「『土』があるって言われて意外でした。土塊の生成はできなかったので」

「土魔法は、『風』や『火』に比べれば頑張らないとできなかっただろうな。それに、土塊の生成は少しコツが要るからね。ノエルは魔力量が高いから、力業でそれなりになんでもできると思うよ。水の生成もやってみるといい。自室で簡単にできるからね」

「練習します。アルガン先生が、苦手な魔法属性でも練習しなさいって言ってました」

「それが基本だよ。四つも魔法属性を持ってる者は少ない。大変だろうけど一日一回はやりなさい。ノエルは結界魔法が得意だろう。結界の堅固さには『土』の魔法属性の強さも関わってるんだよ。堅牢さや頑丈さ。そういった堅さの質は土魔法属性の領域なんだよ。土の魔法属性を持っているのは当然だな。むしろ、結界がこれだけ得意なところを見ると、火や風よりも強いようにさえ思える。それはノエルが結界魔法の修練で土魔法属性の質を鍛えたからだろう」

「そうなんですか」

魔法は奥が深いとノエルは思った。

「ところでノエルは君の姉の魔法属性を知っているかい？」

ふいに尋ねられ、

「姉妹だから同じじゃないでしょうか」

ノエルは戸惑いながらそう答えた。

「いや、兄弟姉妹だからといって同じとは限らない。というか、違うことのほうが多いよ」

「そうですか。ゼラフィは火がすごく強いとは思いますけど」

「三歳で炎を灯せたみたいだからね。私は王立学園に友人がいるから、目立つ学生の話はよく聞くんだ。君の姉ゼラフィは頑固に炎撃ばかりを鍛えているらしい」

「姉らしいです」

——ゼラフィは、学園でもゼラフィなのね。

とノエルはしみじみと思った。

「ヴィオネ伯爵家は魔導士の家系なのだから、あとふたつくらいは魔法属性を持っていそうだけどね。彼女は魔力が高いようだが炎撃しかできないのは問題だろうな。魔法属性は、修練すれば強まると言ったけど、逆もまたしかり。使わないでいると弱まっていく。君の姉は十四歳だよね」

「もう誕生日だから十五です」

「となると、もうそろそろ時間切れだな。魔法の修業が最も効果的なのは十六歳までといわれている。それまでに、なるべくみっちり修業しておかないとね。そうすれば十六歳を越えても伸びしろを維持できる。だが、十五になるまで放っておいたとなるとかなり厳しいな。使われなかった魔法属性は萎《しな》びて固まり、それきり衰えていってしまう。まぁ、仕方ない」

アルノールは肩をすくめた。

そういえば、邸に来ていた魔導の家庭教師にゼラフィは始終怒られていた。言うことを聞かずに火魔法ばかりを使っていたんじゃないか。ノエルは、ゼラフィが炎撃以外の魔法を使ったところなど一度も見たことはない。

魔導の教師は続かず、二回くらいは教師が替わっていたのもそのせいかもしれない。

あれからさらに炎撃ばかりを鍛えているとしたら危険度がさらに上がっているはずだ。

ノエルは思わず体を震わせた。

――ぜったい家には帰らない。

帰るくらいなら逃亡しよう。

◇◇◇

半年が過ぎ、ノエルは誕生日が過ぎて十三歳になった。

学園に来てからきちんと食事ができているので、大きめだった制服が少しだけ丁度良くなった。できれば胸肉を充実させたいところだ。

ノエルはあれから欠かさず水の生成をしているが、カップ一杯分でもきつかった。

できそうでできないのが歯痒《はがゆ》い。

属性が「ない」のではなく「弱い」というのはこういうことかとつくづくわかった。

まるきりできないのならまだ諦めも付くのに、とてももどかしいのだ。

あの短気なゼラフィには無理だろうな、と思う。

ゼラフィは、生まれてこのかた我慢なんてしたことはないだろう。

自分の得意魔法をやるだけなら楽だし気持ちが良い。

それでも、水を生成できたら旅行のときに便利だ。カップ一杯でも非常時には命の水になる。

そう思うと、辛くてもやろうという気になる。

結界の練習や、土塊の生成もやるようにしている。

「ノエル。話があるんだ」

いつもの付与魔法の訓練のとき。

どこか深刻そうな顔でアルノールは切り出した。

「はい、ロシェ先生」

ノエルは訝しく思いながら答えた。

「学園長が、ノエルはランクはまだ不明だけれど付与魔導士であることは間違いないと太鼓判を押した」

「そう、ですか」

アルノールから情報がいっていればそうなるだろう。

ノエルは、小さなナイフに火魔法を付与させることにも成功していた。まだ付与してひと月ではあるが、ナイフは火魔法を帯び続けている。ただの果物ナイフなのに、雑魚《ざこ》魔獣くらいならサクサク狩れるという。

「それで、王宮に報告したほうがいいだろうと言われた。ノエルの要望はあるかい？」

「できれば、国に囲い込まれるのは嫌なんですけど」

おずおずとそう答えた。以前から考えていたことだった。

「まぁ、ノエルならそう言いそうだなとは思っていたよ」

アルノールは苦笑する。

「それに、ナイフの火魔法がいつまでも保つかはわからないですよね？」

「魔力があれだけ綺麗に定着していれば保つはずだよ」

ノエルの必死の言い訳をアルノールがあっさりと否定する。

ノエルがさらに言い訳を考えていると、アルノールが先に口を開いた。

「ノエル。気持ちはわかるけど、どうか前向きに考えてくれ。我が国は、国としては有能な魔導士を監禁などしたことはない。悪質な貴族家とは違うからね。私が治癒師なのは知っているね」

「はい」

「では、治癒師がどれくらいいるか、知っているかい？」

「えと……。二百人くらいの村にひとりいる程度と聞きました」

ノエルは授業で習った統計を思い出し答えた。

「そう。治癒能力を持っている者の割合はそれくらいだ。どこの国でもその程度だね。ただ、さらに魔力が『大』以上ある治癒師となると百万人にひとりくらいになる。治癒師は、確かに二百人にひとりくらいはいるが、体の欠損を治せる治癒師は百万人にひとりなんだ。我が国には十七人いる。ほぼ統計通りだ。そのうち、治癒師として活動しているのは十三人だけだ。残りの四人は好きに生きている。私のようにね」

「自由、なんですね」

「ああ。自由だよ」

ノエルを励ますようにアルノールは微笑んだ。

「わかり、ました……。でも、王宮に報告というのはどういう風になるんですか。ヴィオネ家には言わないんですよね？」

「もちろんだ。君の実家には決して言わない。それは決定している。ヴィオネ伯爵家を糾弾できないのは申し訳ないけどね」

アルノールは眉間に皺を寄せた。

「いえ。ヴィオネ家に報告がないならいいです。必要なようにしてください」

「わかった。報告するのは、宰相や、必要な部署の大臣クラスになるだろう。それから、国防関係だな。騎士団のトップとかね。あとは、魔導研究所の所長や、副所長。その後、ノエルの付与魔法の防具や武器が必要になるにしたがって関係する者は増えるだろうけれど、ノエルの素性は明かされないことになっているよ」

「……国の上のほうの人って大変なんですね」

あまりにも雲の上の人たちが話に出てきたために何も言えなくなった。お任せするしかない。単なる報告だ。ノエルが直接関わることはないだろう。

――ヴィオネ家からはなにも学園に言ってきてないみたいだし。あの家から離れていられるのならいいわ。それに、ロシェ先生にはお世話になってるもの。

ノエルは、五カ月ほど前、背中の火傷痕も治してもらった。

そのときに、恥ずかしかったが服をめくって背中を見せた。胸とかは隠してあるし、治癒なのだから意識することはないのだが。

アルノールが息を呑《の》み、怒りを含んだ声で言ったのだ。

「ノエル……。やはり、君の家を犯罪者として裁くべきだろう」

ノエルは背中を寒くしたままで少し考えた。

「でも、立証は難しいんですよね？」

「この火傷は、姉がやったと聞いたからね。それに、母親は表向きは、家事手伝いをさせただけなのだろう？　そうなると、姉がやったことは知らないと言い張られたり、ただの家事手伝いをさせただけだと言われれば、学園側としては貴族相手だと色々と難しい。犯罪としてきっちり裁くには証拠がいる。むしろ、ヴィオネ家が『家に難癖を付けた』と言い出してノエルの身柄を連れ戻すことも考えられた」

「そうしたら……。やはり、私としては、少ない可能性にかけるよりもこのまま学園にいさせてください」

ノエルは、すぐにそう決めたのだ。

彼らと関わり合わないことがノエルにとっては最も大切だった。

「養育放棄は明らかなので学園で保護をする理由にはできる。私たちを頼ってくれて良いからね」

アルノールはそう言ってくれた。

それだけでも十分だ。

◇◇◇

入学して二年が過ぎ、ノエルは三年に進級した。

今年、ノエルは十五歳になる。背もそれなりに伸びた。

制服がきつくなり教務に相談していたら、ライザが新調したので古い制服を手直ししてくれた。

新品みたいに綺麗だし、オートクチュールの制服だったらしく生地も違う。お直し代くらい払おうとしたのに、ライザが「侍女がちょいちょいっとやってくれただけなのにお金なんかわからないわ」と面倒くさそうに言うので大人しくもらっておいた。

ノエルの友人、ライザは、格好いい令嬢だ。スタイルが抜群に良い。

メリソン家は子爵家だから家柄的にはノエルのほうが上だ。

でも、メリソン子爵家はとても裕福なのだ。

一度、ライザの家に呼んでもらったが豪邸だった。

ヴィオネ伯爵家も、敷地は広いし邸も大きいが何しろ古い。

廃墟のような邸だ。

苔《こけ》むした外壁に煙突は半分は崩れて使えない。窓枠もほとんどが傾いて、鎧戸が引っかかっている。

あらゆるところの塗料が剥げているし、木が腐って傷んでいる箇所は数えきれない。

使用人に直させないのかと思っていたが、大工仕事もできる使用人は給金がとても高いという。

壊れてない煙突もとっくに煤《すす》掃除をしなければならない有様だ。

母はノエルにやらせようと考えていたらしいが、貴族令嬢が屋根に登っている姿を近所に見られたらマズイからやめたという話を邸の噂で聞いた。

ここまでくると、面白い母親だ、とさえ思える。

ノエルは貴族令嬢としては常識知らずだが、邸の図書室でマナーの本を読んだことはあるし、なるべくその通りにするようにしていた。

自分が小柄でガリガリに痩せていて傷だらけで、みっともない自覚はあった。その上、立ち居振る舞いまでみっともないのは嫌だと思っていた。

今は、火傷の痕は消えたが、ノエルのマナーは自己流なので十分ではない。

ライザは、そんなノエルをさりげなく直してくれる。

そっけない割に面倒見が良いのだ。

「やっぱり、学園の先生たちって優良物件よね」

三年になると、ライザはそんなことをよく言うようになった。

――っていうか、前からたまに男子の品評してたっけ。

ライザは次女なのだが、何しろ実家のメリソン家は裕福だ。持参金はたっぷり用意されているだろう。

それに、メリソン家自体が幾つもの商会を経営しているので、繋がりを持ちたい貴族はたくさんいそうだ。

「ねぇ、ノエルは婚約とか興味ないの？」

「ライザさん、あのね、私にそれを聞かないでよ。不良物件代表の私に、優良物件の令嬢がなにを聞いちゃうわけ？」

ノエルは恨みがましい目でライザを見た。

「ノエルは魔法の腕が良いから、どうとでもなるでしょ。国立の魔導研究所に勤められたら引く手数多《あまた》よ。ねぇ、それより、王立学園から移ってきたジョエル先生、素敵よね。もう、昼休みのたびに女子が群がってるって」

「若い男性教師は全員、そうじゃない？　アルガン先生がダントツみたいだけど」

「あー……ねぇ、アルガン先生はね、格好いいし。ご実家は由緒正しい伯爵家だし」

「でもさ、歳の差があるでしょ？　先生たち二十代の半ばとかよね？」

「それがいいんじゃない！　若い私たちのピチピチしたところで籠絡するわけよ」

ライザが力強く言い切る。

「はぁ、上品なライザがピチピチなんて……」

「もたもたしてたら、素敵な先生はみんな気がついたら既婚者になってるんだからね。国立学園の教師なんて将来的にも安定しているし」

「だよねぇ」

「そういえば、昨日はアルノール・ロシェ先生が中等部のほうに来てたわ」

ノエルは週に二度くらいは会っているアルノールの名前が突然、出てきて心臓がどきりと脈打った。

「へ、へぇ」

なぜかドキドキが収まらない。

「ロシェ先生もお顔は素敵なのよね。知ってる？　ノエル。高等部の先生よ」

「あ、うん。入学試験のとき、得意技の実技で担当してくれたのロシェ先生だったから」

「うわぁ、いいわね」

ライザが羨望の声をあげる。

「そう？　あの時は試験で緊張してたから余計なこと考える余裕なかったわ。ライザは余裕だったのね」

「少しは緊張したわよ。でも、得意技でそこまで緊張する必要ないんじゃない？　私は的当てのほうが緊張したわ」

「試験っていえば……ライザは初等部から国立学園よね、入試は関係なくない？」

「初等部の最高学年の年度末試験が、そのまま中等部への進学試験を兼ねてたのよ。そういえば、高等部の先生たちが助っ人に来てたわね。美男の先生がけっこういるのよ。高等部に進学するの、楽しみ。でも、ロシェ先生はいまいち人気ないから狙い目かも」

「えぇ？　どうして？　優しいし、モテそうなのに？」

ノエルは思わずライザを振り返った。

「だって、ロシェ先生は茶色い目に茶色い髪でしょ」

「えっと……。茶色って言うか、くるみ色の髪に琥珀の目よ」

「フフ。そういう言い方もあるわね。でも、はっきり言って、くるみ色も茶色みたいなものだし、琥珀も茶色い宝石だわ」

「それはそうだけど……」

「王家で王太子を決めるときにも茶色い目と髪だと選ばれないくらいの扱いみたいよ」

「え？　そうなの？」

「そうよ。だって、髪と目の色は魔力が影響するでしょ？　茶色い目と髪の国王だと国民に示しがつかないわ」

「でも、必ずしも魔力と茶色い髪と目は関係ないのに……」

「まぁね、実際はね。それでも、一目で魔力が高いとわかるのは、やはり金の髪に青い目や黒髪に黒い目だわ」

「一目でわかるのは、ね……」

「だから、よ。建国記念祭のときとかに、国民に挨拶をする陛下が茶色い目と髪だった場合を想像してよ。やっぱり駄目ってわかるでしょ？」

　ノエルは、試しにアルノールが王宮で挨拶する姿を想像してみた。

　——すごく様になってるような気がする……。

「わ、わかんない」

「想像力がないわねぇ、ノエル。とにかく、一番人気は金髪や黒髪よね。次いで、金茶色でもまぁ、いいかしら。焦げ茶も良いかもしれないけど」

「……ライザって、面食いなのね」

――と言うか、好みの範囲が狭小というか……。

茶色い目や髪が地味だと言われ、好まれないのは学園に入ってから知った。魔力持ちに茶色の髪や目の色の者が少ないのは事実だ。そのために、結婚相手として避けられる傾向が古くからあった。

ただ、昔よりも魔力鑑定がずっと身近になり、気軽に受けられるようになってから偏見は減った、とも聞いていた。

「そうよ。だって、朝起きて朝食の席の向かいに理想と違う人が座ってるなんて、嫌だもの」

「具体的すぎる」

「ノエルが考えなしすぎるのよ。私、あと四年間で相手を決めるんだもの」

「四年間って、つまり高等部卒業までに、ってことね」

「そうなのよ。その頃、ノエルは飛び級でもういないんだっけ？　私も一緒に卒業したいわ。そうしたら、学院に入ってるかもしれないけどね。とにかく十八歳までに相手が決まらなかったら、ドルセン王国とアルレス帝国に婚約者探しに行けって言われてるのよ」

「えぇぇ、ホント？」

「ドルセン王国とアルレス帝国の男性って、ちょっと偉そうで嫌なの」

ライザが眉をひそめる。

「偉そう？　アルレス帝国は超大国だから偉そうなのはわかるけど……」

「ドルセンもよ。私、三年に進級してから夜会にたまに行くから知ってるの。そりゃ相手は金持ち国で、我が国は貧乏よ？　だからって、上から目線なのは感じ悪いと思わない？」

「まぁ、確かに……。三年になってからって。私たち、まだ十四歳よね」

「ノエルはね。私、誕生日早いからもう十五歳よ」

「あ、そうだった。ライザは十五歳だし、背高いし」

「もう、これ以上、背高くなりたくないわ。小柄なほうが可愛いっていう男性、多いみたいだから」

「なにそれ……。スタイル抜群のライザがそんなこと言うの。贅沢すぎるわ！」

「……なに怒ってんのよ」

　ノエルがライザと喋りながら中庭を歩いていると、なぜか周りがざわついた。

『ロベール殿下だ』

『第三王子殿下だわ』

『素敵ね』

　その声にライザが反応した。

「ノエル！　見に行きましょう！」

「え？　不敬罪にならない？」

「なにバカ言ってんのよ。第三王子を見るだけで不敬罪になってたら国民が半減しちゃうわよ」

　ノエルは、そういえばそうか、と納得した。王子殿下が視察で町を歩くなんて、よく聞く話なのだから。

　ノエルは急ぎライザと一緒に人垣のほうへ向かう。

遠目ではあるが、美男の王子の姿が見えた。

——第四王子も格好いいって言うし。我が国の王族は美形揃《ぞろ》いね。

ノエルは感心した。

王妃に美女を選んでいるからとは思うが、血筋の力は偉大だ。

ノエルとライザは周りの野次馬たちの話で、ふだんは学院のほうにいるロベール王子がなにか用事があって国立学園の教授に会いに来たという情報を仕入れた。

稀なことらしい。

滅多にない機会なのだから、麗しい王子の姿を目に焼き付けておく。

——でも、どこかでお会いしたような？　そんなはずはないのに……。

どう考えても初対面なのにどこかで見たご尊顔の気がする。

「目の保養になったわ」

とご機嫌のライザと王子殿下見学をしていると、なぜか人垣を押しのけるようにしてロベール王子がこちらに向かっている。

「ハハ。やっぱりいた。金のくるくる巻き毛。幸運だな、会えるなんて。君、ノエルだろう」

ノエルは王子の気安い様子に頭が真っ白になったが、すぐに気を取り直して淑女の礼をした。

「は、はい、ノエル・ヴィオネと申します。お初にお目にかかります、王子殿下」

「ああ、仰々しい挨拶は学園では要らない。私もまだ学生の身なのだからね。聞いているよ。ミシェリー教授の弟子をしているって」

ノエルは、咄嗟に思い出した。また新しい設定が増えたのだ。

以前は「奨学金をもらっている関係で教務の手伝いをしている」だった。実際は付与魔法の訓練をしている。

最近、さらにまた言い訳が増えてしまった。

ノエルが付与魔法をかけた武器を騎士団に渡すことが決まったからだ。

その結果、ノエルにお小遣いが支給されるらしい。

アルノールとミシェリー教授が手を回してくれた。とても助かる。

ノエルは、奨学金と教材費としてもらえる少しの現金で生きている。

余裕などないので寮での私服に、持ってきたゼラフィのお下がりを着ている。

ゼラフィが大柄だったおかげで今のところサイズに余裕はあるがさすがに古くなってきた。

小遣いはありがたいが、それに伴ってノエルの拘束時間が増えた。

ゆえに、教務の手伝いだけでは理由が足りなくなったため、ミシェリー教授の助手をしていることになっている。教授は魔導具の設計を学園内の研究室で行っていて試作品も作っている。

ノエルの魔力操作がうまいことは定評なため、けっこうすんなりとその言い訳が受け入れられている。

——でも、どうして、それをロベール殿下が？

「どうしたのかな？　兄弟子としても挨拶をしてほしいな」

「あ、はい、兄弟子殿下、よろしくお願いします」

ノエルはロベールの言葉で気がついた。

彼は、どうやらミシェリー教授の弟子なのだ、と。

ノエルは本当はアルノールの弟子で、ミシェリー教授とは部屋を借りるときにお会いするだけなのだが、話を合わせなければならないだろう。

話の合わせ方を教授たちに確認しなければ……、とノエルが頭の中で計画を立てていると、王子の綺麗な顔が不意にノエルの耳元に近づいた。

「うっかりしてたらダメだよ、付与魔導士くん」

「え？」

ノエルが驚いて目を見開くと、ロベールは妖しい笑みを浮かべながらノエルの髪をポンッとひと撫でし颯爽《さつそう》と立ち去った。

周りの女子たちの叫びがすごかった。

隣のライザを見ると、目をキラキラさせていた。

教室に戻ると、女子たちに質問攻めにされた。

ノエルは満足に答えられなかった。

「いや、だから、殿下にお会いしたなんて、さっきが初めてだから。何も関係ないわ」

「頭撫でられてたじゃないっ！」

なぜかエリーザになじられる。エリーザはディアンに惚れてフラれた女だ。

なんで、あんたが出てくる？　と甚だ疑問なのだが。

「小動物とでも勘違いしたんじゃない？」

ノエルは面倒になって投げやりに答えた。

「それはそうかもしれないけどねっ！」

――なんで冗談を肯定するかな……。

ノエルの目が遠くなる。

「お前、ロベール殿下は、ちんくしゃなんか相手にする人じゃないって知ってるよな」

不機嫌顔のディアンまで口を挟んできた。

「ちんくしゃで悪かったわね。初めてお会いした殿下にいきなり妹弟子とか言われて、髪ポンされただけで、なんでそこまで言われなきゃならんのよ！」

「……ホントに初めて会ったのか？」

「当たり前でしょっ」

「まぁ、ノエルならそうだよな」

ディアンが微笑みながら頷く。

ディアンは顔と家格は良いが、時々、意地が悪い。

ムカついたが事実だから仕方がない。

ライザは色々と疑問だった。

ロベールは、ノエルを探していたような口ぶりだった。

ミシェリー教授の妹弟子に興味津々な様子だったのだ。

――ノエル。ミシェリー教授の極秘な作業の手伝いでもしてるのかしら。ノエルって、魔力制御とかすんごくうまいものね。教授が弟子にしたがる理由もわかる気がするし。

魔導研究に関しては迂闊《うかつ》にのぞき見ることはできない。知らないふりが安全だ。

だが、ロベール殿下のあの言い方がライザにはやけに気になってならなかった。

その日の付与魔法訓練で訓練場に行くと、アルノールがすでに来て待っていた。

「お待たせしてすみません」

ノエルは慌てて室内に駆け込んだ。

「いいよ、慌てなくても」

アルノールが微笑んで宥めてくれた。

癒やしだ……、とノエルは思う。アルノールは治癒魔法を持っているせいか、全てが癒やしだ。

「ロシェ先生。今日、ロベール殿下とお会いしました。兄弟子だからという建前でしたけど。でも、別れ際に『付与魔導士くん』って」

ノエルは早速、報告をした。

「あぁ……、そうだったな。ロベール殿下は、辛うじて報告する条件に当てはまっているか……」

アルノールが苦い顔をする。

「報告する条件、ですか？」

「条件は色々あるよ。関わりがある部署なのか信頼ができるかとか。殿下は学生でありながら魔導研究所にも所属してるんだ。優秀ではある。ただ、王子という立場がものを言わせている側面も少々あるな。ミシェリー教授の弟子なのは本当だ。教授から情報がいったのかもしれない」

「そうでしたか。でも、信頼できる方なら問題ないんですよね。今日はちょっと騒ぎになったので困りましたけど」

「騒ぎになったのかい？」

アルノールが心配そうな真顔になった。

「ロベール殿下が登場した時点で大騒ぎでしたよ。……女子が」

「ハハハ」

「笑い事じゃないんですけど。女子の妬みは怖いんですよ。殿下は、おまけに私に近づいて髪ポンをやったんです」

「髪ポンとは？」

アルノールが首を傾げる。

そういう顔は珍しく、ノエルは『先生、ちょっと可愛い』と思ってしまった。

「私の髪をナデッと撫でたんです。軽くですけど。女子たちの叫びが中庭に響き渡りました。教室に入ってからもなぜか詰問されまくりました。たった数分の遭遇だけで王子効果がすごすぎます」

ノエルは思い出しただけで疲れた。

「それは悪かったね。でもまぁ、仕方ないかな……。ノエルのことを知れば王宮に取り込まなければとどうしても思ってしまうんだ。殿下も、それで近づいた可能性があるな」

「えぇ……それはまた……。迷惑、というか。いえ、今のは失言です」

ノエルは焦った。

「いや、私には正直に言いなさい。怒らないから。ノエルには我が国の事情をもっと知っておいてもらいたいしね。王太子が決まってないのは知っているね？」

「第一王子じゃないんですか？」

　ノエルが答えるとアルノールが苦笑した。

「違うよ。決まってないんだ。王宮ではなにも発表していないから周りが自動的に第一王子が王太子と考えているけれどね。その可能性が一番高いからそれでもいいんだが。我が国の国力は、ずいぶん前からとても情けない状態だ。魔導士が逃げていくのを放置したからだ。王宮はそのことでずっと国民から蔑まれている。代々の王家も、以前から家柄重視で国を傾かせた張本人みたいな家から王妃を選んだりしていた。信頼などないよ。国から逃げ出した有能な貴族家もあるくらいだ。おかげで先が見えない」

　アルノールは嘆息し、ノエルは必死に耳を傾けた。

「魔導士の養成には力を入れるようにしているが、遅かったよ。本当に色々と遅かった。我が国は資源もさほどない。かつては、農業国だった。今も半分はそうだ。だが、農業だけでやっていけるかというとそれも難しいだろう。南部は気候が不安定だし、北部は湖沼が多すぎる。他の産業がもっと要る。国の運営は難しいものだ」

「そうなんですね……」

「そんな中で現れた優秀な付与魔導士だ。王子が興味を持つのも当然だよ」

「それは困ります」

　ノエルは眉間に皺を寄せた。

「ノエルはずっとそんな感じだったね」

「目立ちたくないんです。ヴィオネ家から目を付けられたくないので。家を出てから今まで、二年以上、音沙汰なしですけど」

「ヴィオネ伯爵家に関しては少々情報を集めてるんだけどね。どうやら君の姉は、サリエル殿下の婚約者候補になっているらしい」

「あのゼラフィがですか」

ノエルは思わず目を見開いた。

「魔力量が高いからね」

アルノールが苦笑する。

「魔力量がそんなに重要だとは知りませんでした。びっくりです」

「まぁね。成績も重要なんだが……」

「私が十二歳で家を出るまでは劣等生だったんですが、成績が上がったんですね」

「ノエルから、家庭教師の宿題はノエルがやらされていたとか、成績が悪くて父親に怒られていたという話を聞いていたので王立学園の知り合いに聞いたら、確かにゼラフィ嬢は中等部では成績が最下位だった。でも、高等部に進学してからは以前よりは良い成績を維持している。それから魔法の実技では、訓練場の障壁を壊すくらい炎撃の威力がある」

「……壁、壊していいんですか」

ノエルは、ヴィオネ家には弁償できないような気がした。

「本当は壊されたら困るんだが。稀にあることだし仕方がない。それより、騎士団から勧誘が来たらしい」

「うーん、母は嫌がりそうな気がしますね。父はわからないですけど」

「その通り。夫人から断りが入ったそうだ」

「ハハ」

ノエルは思わず笑ってしまった。

「容姿も悪くはないということで、サリエル殿下の婚約者候補になったんだよ」

「そうですか」

「……ノエルは、彼女が王子妃になることに関しては何も思わないのかい？」

アルノールが心配そうに尋ねた。

「私は、自分から縁遠い人になってくれるのなら、ちょっと歓迎というか」

「万が一、サリエル殿下が王太子になっても？　未来の王妃候補ということだよ？」

「そうしたら自分勝手できないんじゃないですか？」

ノエルは首を傾げた。

「我が国はけっこう王族は勝手ができるんだよ」

「え」

ノエルはアルノールを凝視した。

あの性悪が国のトップで好き勝手やるなんてとんでもないことだ。

「その時はどっかに亡命します」

ノエルは真剣に国を捨てることを考えた。

「私も一緒に行こう」

アルノールがにこやかに答えた。

「一緒に行ってくれるんですか」

ノエルはアルノールに縋《すが》りつかんばかりに身を乗り出した。ひとりきりで逃亡する予定だったが、アルノールが一緒にいてくれたら心強い。

国外に行くことも視野に入れ外国語は頑張ってはいたが、ノエルは十二歳まで独学だった。おかげで、単語や文法はけっこう丸覚えしているが発音は自信がない。

それに何より、アルノールと一緒ならきっと楽しい。お喋りしながら馬車に乗る旅がふっと頭に浮かんだ。

「いいよ、もちろん。ノエルが国を出るときは一緒だね」

ずいぶん軽い言い方だった。

ノエルは、ふいに舞い上がっていた頭が覚めた。

冗談らしい。

冗談に決まっている。本気にしたのが馬鹿だった。

「私、本気だったんですけど……」

すっかり気分が墜落した。

「私も本気なんだけどな」

「そうですか」

アルノールは苦笑しているが、ノエルの気持ちが上昇することはなかった。

「信じてないみたいだね？　祖国を捨てたがっているのはノエルだけじゃないんだよ？」

「え……ロシェ先生、が？　でも……ロシェ先生は、才能があって国立学園の教師で、若くて格好良くて。順風満帆じゃないですか」

ノエルは目を見開いて戸惑った。

「そんな風に言ってくれるのはノエルだけだよ」

アルノールは優しく応えた。

「でも、私と違って……」

「私からすれば、ノエルは稀な能力を持っていて、自分の努力でひどい家族から逃れて学園でも良い成績で、将来は明るく見えるよ」

「そんなこと……」

「もしも、ノエルが国を出るときは誘ってくれ」

思いのほか、真剣な声でそう言われてノエルは思わず頷いた。

「はい」

「約束だよ」

アルノールのその瞳がなぜか切なく見えた。

◇◇◇

二年間という月日は、なにもわからずに始めた魔法の修業には決して十分な長さではない。

それなのに騎士団の武器を作らせるのだからな、とアルノールはぶつぶつと文句を呟いていた。

「ロシェ先生。確かに自信は全くないですけど。これでお金もらっていいんですかね？」

信頼性テストすら確立されていないのに騎士団で使われるのは不本意だった。

だからといって国からの命令を聞かないわけにはいかないだろう。

ノエルは奨学生だ。その学費は国から得たものだ。

ノエルがそう話すと、アルノールはすぐに首を振った。

「そんなことはまだ十五歳の子供が気にすることじゃない。ノエルはあの犯罪まがいの家で苦労していた。本来なら国で保護する案件だ。慰謝料だと思えばいい。孤児院だってもっと良い生活ができたんだから。気になるなら、高等部は、騎士団からの金を貯めて奨学金はもらわないようにすればいい。十分に払えるだろう。ノエルは飛び級で卒業試験を受けたいと言っていたね？」

ノエルはアルノールの提案に目を見開いた。

「はい、そうなんです。だから、もしも合格できたら二年分の学費だけでいいんですけど」

「ノエルなら飛び級も大丈夫だろう。過去の例からいっても首席の学生は、皆、飛び級で卒業できているからね。私も高等部は一年で卒業した」

「一年でですか」

ノエルは、さすが学園教授になる人は違うと感心した。

「さっさと終わらせて留学しようと思ったのでね。ノエルも受けてみればいい。学費はもしも足りなければ、私が出世払いということで払っておいてあげるよ」

アルノールがにこりと頷く。

「でも、ロシェ先生に払わせるのは悪いから……」

「国より私のほうが信頼できないかい」

「ロシェ先生は信頼してますけど」

ノエルは少し迷った。

――そうだわ。このまま奨学金をもらったら、国から付与魔導士として働けって言われたとき断りにくい。

ノエルはとりあえず高等部は自分で働いて学費を払うのを目標にすることにした。

そうなると、付与魔法を頑張らなければならない。

とはいえ「売れるもの」を作るのは簡単でもなかった。

ノエルが楽に付与できるのは、まずは「小さいもの」だ。

それから、形が複雑だったり表面がでこぼこしているものは付与がしにくい。

ゆえにナイフくらいなら作りやすい。

けれど、騎士団の希望は「防御力の強い革鎧」だった。

次いで、火魔法が付与された剣。

剣はまだしも革鎧は無理だ。

表面積が大きいし、でこぼこしている。

剣は、長剣はまだ難しいがレイピアくらいなら頑張ればできそうだ。

ただ不安なのは、付与魔法がうまくできているかあらかじめ確かめるには魔力がどれくらい定着しているかを測るしかない。

騎士たちが使用中に、もしもノエルの付与が消えてしまったら？　それが原因で騎士が命を落とすかもしれない。

——お小遣いのために不安な武器を渡すわけにはいかないわ。

◇◇◇

「騎士団に見学ですか？」

ノエルが騎士団に卸すレイピアの安全性を鬱々と考え込んでいるときのことだった。セオ・ミシェリー教授からそう提案をされた。

「そうだよ。ノエルが考えすぎているみたいだから、気分転換になるだろう」

騎士団の見学が、今悩んでいる問題解決になるとも思えないが、お世話になっている教授がせっかく誘ってくださったので行ってみることにした。

騎士団の訓練場は国立学園からだと往復で一時間ほどだと言う。

明くる日の週末休みには早速、ノエルとセオ、アルノールの三人は厩舎に来ていた。セオが学園に頼んで馬を借りたのだ。

「それで……騎馬で行くんですか」

ノエルは若干、怖じ気づきながら馬を見上げた。

栗毛の馬はつぶらな瞳がたいそう可愛らしいが大きい。

「ノエルは乗馬は？」

「できません」

うっかり食い気味に答えた。

「まぁ、そうじゃないかと思ったよ。私と一緒に乗ればいい」

アルノールが笑って手綱を取った。

「さて、行こうか」

セオは鐙《あぶみ》に足をかけるとひらりと馬にまたがった。

「えぇ……ミシェリー教授、格好良いです」

「意外そうな顔をするんじゃない。乗馬は貴族の嗜みだ」

セオが苦笑した。

「ほら、乗って」

アルノールに補助をしてもらってノエルはなんとかよじ登る。次いで、アルノールもノエルの後ろにひらりとまたがる。

ノエルは今更ながら、自分も身体強化をすれば格好良く乗れたんじゃないかと思い出したが後の祭りだった。

二頭の馬は並んで走り出した。

「すごい、気持ちいい、楽しい、速い！」

ノエルが喜ぶと、後ろで支えてくれているアルノールが笑う気配が背中から感じられた。

――ロシェ先生、体温、高いです……。

男性とこんなに密着するのは普通はありえないことを今更ながら意識してしまう。

――せ、せっかく連れていってもらってるのに。私ったら、不埒《ふらち》だわ、ふしだらよ！

ノエルは平常心、平常心、と自らに言い聞かせ深呼吸をしておいた。

騎士団の訓練場に到着した。

ノエルは出発前に、セオから「騎士団長と副団長は事情を全て知ってるからね」と説明を受けていた。他の騎士たちはまだノエルのことは知らない。今後、必要に応じて幹部たちには情報を流していくという。もちろん、その際は守秘義務契約付きだ。

今回の見学は、一般の騎士たちには付与魔法品絡みだとは言っていなかった。魔導具の第一人者であるミシェリー教授の研究のためとなっている。ノエルは教授の助手で、アルノールは付き添いだ。

詰め所の控え室に案内されると、すぐに副団長が来てくれた。

副団長は訓練場よりも王宮の広間が似合いそうな、さらさらの金髪に緑の瞳の美男だった。騎士服に魔導士のローブを羽織っているのは魔導士タイプの騎士だかららしい。

ノエルは心中で副団長の美男ぶりに驚きながらも平静を装った。

「よろしく。副団長のシードル・ユライヤだ、シードルと呼んでくれ」

シードルは腰の低い副団長のようで、とても愛想が良い。

「お、恐れ多いです、ユライヤ副団長。ノエル・ヴィオネと申します」

ノエルは恐縮して挨拶をし名前呼びは断った。

「気軽にただの副団長でもなんでもいいからね。こちらがお世話になるのだから。付与魔法のレイピアはすごいね、切れ味が。団長が大喜びでね。大助かりだよ」

三人は、副団長直々に案内されて奥へと進む。

「ノエルが、レイピアの付与魔法がいきなり切れたら騎士たちが怪我をしないかと心配してるんだよ」

セオが副団長に説明をする。

「あぁ、そのことか。お試しのレイピアは団長が使いまくって一本、使い潰したんだけど……」

「え？　駄目になったんですか？　試験用の剣は確かに魔力を抑えた仕様にはなってますが。まだ三カ月くらいですよね？」

ノエルは思わず口を挟んだ。

「使い方が荒すぎたみたいでね」

副団長が苦笑する。

付与魔法の効果がどれだけ続くかは条件によって変わることはわかっていた。

施された付与魔法が発動するときは周りの魔素を動力源としている。ゆえに、そのために消耗されることはない。

けれど、例えば炎を付与した剣で魔獣を切り裂く瞬間、剣が炎を纏う際に付与魔導士が込めた魔力がごくわずかながら減衰していく。

魔導具にたとえると、魔導具を使うときのスイッチは、使用者が魔力を少々流すことだ。

つまり、付与魔法品はそのスイッチに付与魔法を施すときの魔力が使われている。

単にスイッチのための魔力なので、ごく微量だ。それでも、塵も積もればそれなりの消耗となる。あるいは普通の剣と同様、剣本体が使っているうちにだんだん摩耗していき、破損することもある。

　ノエルが心配しているのは、付与魔法をかけたときの魔力がなくなることだ。

「でも、荒いといっても、ふつうに魔獣討伐に使っただけですよね。少なくとも半年はもつかな、と思ってたんですが」

　アルノールの研究によって、付与魔法品の魔力を計っておけば、おおよそ付与の効果がどれくらいもつかは見当が付けられるようになっていた。

　条件しだいで寿命は変わると言っても、まさか半分になってしまうとは思わなかった。

「うーん、ノエル嬢は、どうやら団長のことを甘く見てるなぁ……」

「え？」

「あの団長が『荒く使った』のなら、本当に酷かったんだろうよ」

　セオが同情するように痛ましげな顔をしている。その同情は、剣に対してかノエルに対してか。どちらだろう、とノエルは不安に思う。

「でも、付与魔法の終わる頃はだいたいわかるよ。切れ味が変わるから。そのうちにぷつりと付与がなくなるから、大丈夫だな」

　副団長が朗らかに答えた。

「使い終わり頃の剣の感じがまだこちらではテストできてないんですよ。そこまで使い潰す人間が制作側にはいないので。付与魔法を少量かけただけのものでテストするにしても、それと普通に剣を使い潰すのとでは使用感は違ってくるでしょうし」

　アルノールが事情を伝える。

「なるほど、それはそうだね。団長と小隊長が一本ずつ使い潰したんですけどね。かなり使いでがありましたよ。あれだけ魔獣を切り裂きまくるまで使えるなら大満足だよ」

「試験用は値引きしますから、記録しておいてください！」

ノエルが縋りつく勢いで副団長に詰め寄った。

「こらこら、そんなに値引きせんでいい」

セオが渋い顔をする。

「値引き大歓迎だな。多くの騎士たちに配れるからね」

副団長は嬉《うれ》しそうだった。

三人は訓練中の様子を見られるように近くまで来させてもらった。

ノエルは訓練する騎士たちの中にひときわ大柄な騎士がいることに気づいた。

「あのでっかいのが団長だよ」

とシードルが教えてくれる。

「お、おっきい……」

ノエルは他に言葉が出なかった。

すごい迫力だ。屈強な体躯なのに、驚くほど敏捷《びんしょう》だ。よくもあんな大迫力の団長と訓練ができる。ノエルは騎士たちの命知らずぶりに感心した。

「熊が可愛く見えるだろう」

セオが驚くノエルの様子に「ハハハ」と笑う。

ノエルは思わず頷いてしまった。

「これから、小隊長がノエル嬢のレイピアを使うからね」

副団長が楽しそうに指し示す。

台車で檻を運んでくると、ひとりの騎士がその前に立つ。他の騎士が檻を開いた。

「魔獣……」

イノシシに似た魔獣だ。

まずは、普通の剣で対峙する。魔獣はかなり硬いようで、刃が立たない感じだ。

小隊長は身軽に魔獣の攻撃を躱《かわ》すと、腰に差していたもう一振りの剣を取り出す。

ノエルの作ったレイピアだ。

騎士が剣をさらりと払うように一閃、レイピアが炎を纏い煌めく……と、イノシシの首が飛んだ。

あっという間だった。

最初の剣がなまくらだったのか知らないが、あまりの切れ味の違いに声も出ない。剣の試験は何度もしているのだから知っていたつもりなのに、実践さながらの訓練で見るのとはやはり違う。

「だから、あの剣が欲しいんですよ。あれがあると本当にありがたいんです」

副団長がノエルの耳元でそっと囁いた。

訓練のあと、見上げるほど大きな団長にも挨拶をしていただいた。

「いやはや、こんなに可愛らしいとはなぁ」

とロマン団長がにこやかにしている。

訓練場ではド迫力の強面団長だったが、ノエルの前ではなぜかニコニコだった。

「いつでも遊びにおいで。早めに言ってくれたらお菓子を用意しておこう」

「い、いえ、そんな……」

ノエルは縮こまって恐縮した。

「……ロマン。なにか勘違いしてないか」

セオが眉間に皺を寄せ、アルノールが苦笑していた。

団長にも、「付与が切れるときは、剣の切れ味が段階を踏んで落ちていくからわかるぞ」と、なんてことない様子で教えてもらい、ノエルは少しだけ安心して訓練場を後にした。

帰りはミシェリー教授は用事があるからとすぐに帰ったが、ノエルはアルノールに綺麗な花の咲く平原に寄り道をしてもらった。

花の香りで甘やかな風に吹かれながら薄紅色の花園を見た。

――なんか、デートみたい……。ちょっと寄り道しただけだけど。

ノエルはライザにお土産の花束を摘み、アルノールは微笑みながらそばにいる。

「そんなにひとりで背負い込もうとしなくていいんだからね」

とアルノールに優しく言ってもらい、ノエルは目頭が熱くなった。

素敵な一日だった。

◇◇◇

ノエルは、セオ・ミシェリー教授の研究室奥にある小さい部屋を作業部屋にしてもらい、ひとりで籠って付与魔法のレイピア作りをしていた。

おかげで、教授の雑多なガラクタ……セオ曰《いわ》く、大事な資料や史料は他に移された。

その話を聞いたときは申し訳なくて身が縮む思いだったが、セオは、

「火魔法付きのよく切れるナイフ一振りでいいよ」

と言ってくれた。

ナイフくらい、幾らでもプレゼントしよう。

魔法の授業では、火と風の魔法属性を持っている学生たちは雷魔法の訓練を始めた。

アンゼルア王国では、火魔法の進化形が雷魔法だ。火と風の混合魔法を極めたものだ。

それで、火と風の魔法属性を持つ学生限定となる。

ノエルは四つの魔法属性を持っているが、そのことは秘密にするようにとアルノールに言われている。

それで、火魔法と風魔法だけを使うようにしていた。強い魔法属性は火と風なので楽ではある。

そのかわり、部屋に戻ると必ず結界と土魔法と水の生成に精を出した。

ごくたまに、魔法とは関係のない悩み事をアルノールに聞いてもらったりする。

「ディアンっていう男子と喋ってるとエリーザ嬢に睨まれて、根も葉もないデマを流されるんです」

と目下の悩みをつい話した。

「男子に離れてもらいなさい」

アルノールは即答した。

「ただ喋ってただけなんですけど」

「そいつが原因でデマを流されるような男は近寄ってはダメだな。ノエルは、別に彼を好きでもないらしいし、そいつはノエルが嫌な思いをしてても放置するような奴だ。付き合う必要はない」

きっぱりと言われて、その言葉が胸に刺さるようだ。

――私、ディアンのこと好きじゃなかったっけ……。

前は、好きだった。

髪を撫でられるとどきどきした。

でも、他の誰かに揶揄われるとディアンは迷いなく否定するのだ。

何度も何度もはっきりと「違う」と言われた。見込みなど全くない、と思い知らせるように。

その度に好きな気持ちも削られていった。

ディアンはいつも大声で拒絶する。

ノエルはさすがにその意味に気づいている。

不良物件のノエルとの噂は困るのだ。

――でも、私がエリーザにデマで貶されるのは放置だったわ。ロシェ先生の言う通り。

ディアンのことがなにかわかったような気がした。

ノエルは穏やかに中等部の三年を過ごしていた。

……のだが、そこに少しずつ波風が立ち始めた。

ノエルの願い虚しく。

教授の研究室でロベール王子と遭遇するようになった。

作業部屋でノエルが仕事中、ロベールは隣室でミシェリー教授と喋っている。

美味しいお土産付きだから、ちょっと楽しみになってしまってる自分の食い意地が憎い。

学園の食堂ではお目にかかれない高級菓子が持ち込まれるとついニンマリしてしまう。

——ミシェリー教授も嬉しそうだし……。厳つい顔して甘党なのね、先生。

ノエルは作業をしているためにセオが手ずからお茶をいれてくれる。

作業が終わるとお茶と高級菓子が待っているというこの贅沢。

今日もお喋りとお茶を楽しむと、寮に帰る……王子のお見送り付きで。

可愛い女の子が遅い時間に危険だからね、と。

——いえいえ、王子殿下のほうが護衛対象でしょ。まぁ、騎士様の護衛付きだけど……。

今までは遅くなったら、セオかアルノールが送ってくれていた。

でも、ロベール王子が来るときはアルノールは来ない。

不思議とふたりは遭遇しない。

おそらくセオからアルノールのほうに連絡がいくようになっているのだろう。

ロベールが「ロシェ先生にも会いたいのになぁ」とぼやいていたこともあり、セオはそんな時は楽しそうに笑っているので、避けてるとしたらアルノールの都合のような気がする。理由はわからないし、ただの気のせいかもしれないが、どちらにしろノエルとしてはアルノールがいないのは寂しかった。

——ロシェ先生に送ってもらえるほうがいいな、緊張しなくて済むし。

ノエルは他の女子が聞いたら贅沢だと言われそうなことをいつも考えていた。

◇◇◇

昼休み。ノエルは図書室の資料を読んでいた。

次いで、ゴシップ誌を手に取る。

昨今の王家情報が載っている。単なる噂のような記事も。

隣にはライザがいる。

ライザは、もっぱら『サロン百花』という名前からしてゴシップ誌風の雑誌を読み耽っていた。

時折、ライザからも貴族の噂情報を聞き込んだ。

——少し、わかったわ。

我が国の王家は若干の問題を抱えていた。

時は三十年ほども前に遡る。

国王が子爵家の美しい令嬢と恋に落ちた。

決まっていた婚約者候補たちを全て断り、子爵令嬢を選んだ。

その際は令嬢を侯爵家の養女にし、家柄ロンダリングまでした……バレバレだったが。

国王の我が儘で王妃が決まったのは良かったが、王妃は全く懐妊しなかった。

五年が過ぎても妊娠の兆しはなく、ついに第二妃を娶《めと》ることになった。

だが、それから二年過ぎても、第二妃も妊娠しなかった。

ついに側室まで娶ることになった。

多産で有名な伯爵家と侯爵家から選んで、ふたりの令嬢が後宮へと入った。

ふたりの側室はそれぞれ明くる年には身籠もった。

十年近く経ってようやくのことで国は沸いた。

生まれたのはふたりとも王子だった。さらにお祭りムードになった。

ふたりの王子のうち少し先に生まれたのが第一王子ジュール殿下で、王太子候補筆頭だ。

現在二十二歳。王立学園を卒業後、国王の補佐を務めている。

王都の施設の視察などで、最も国民の前に姿を見せている王子だ。

ライザ曰く「とっても素敵な王子様よ」という。

婦女子の場合、王子に対する評価のかなりの割合は容姿が占めているらしい。

第一王子と第二王子が生まれて遅れること三年後に、第二妃が王子を産んだ。

第三王子のロベール殿下だ。

現在十九歳。学院の研究室に所属。

ゴシップ誌によると「ロベール殿下の実母の実家は富豪の侯爵家」「妃の父は財務大臣」と書かれている。

後ろ盾は強力だ。母親の血筋と家柄からして生粋の王子様だ。

さらに遅れること二年後。

王妃が、第四王子サリエル殿下を産んだ。

現在、王立学園の法学部に所属。

サリエル王子は十七歳。ゼラフィと同い年だ。

ノエルは、新聞の写真に視線を落とす。視察中のジュール殿下だ。

ご兄弟は似てらっしゃるのね、とノエルは悟った。

でも、それでもノエルは約束したのだ。

一緒に外国に行こう、と。

「ねぇ、ライザ。でも、これで見ると、王太子は第一王子のジュール殿下に決まりじゃない？」

ノエルは小声でライザに尋ねた。

「どうしてそう思うの？」

ライザが眉をひそめる。

「今現在、陛下の補佐をされてるんでしょ？　視察とかも真面目にされるような王子殿下だもの。第一王子だし。ジュール殿下が王太子で良いわよね？」

「でも、実母が側室よ？　領主会議では支持を得るのは難しいと思うわよ」

「えっ、そうなの？」

ノエルは思わずゴシップ誌から顔を上げた。

「それはそうよ。だって、第三王子の後ろ盾は富豪の侯爵家と財務大臣だもの。それから、第四王子を産んだのは、国王の寵愛を一身に集めている王妃だわ。どちらも甲乙つけがたいくらいに支持を得てるんだから」

「そういう理由で王太子を選ぶのって、ダメじゃない？　第一王子を王太子に選ぶのが伝統というか、そういうもんじゃない？　それに、家柄的に問題がないから側室に選ばれたんでしょう？　まぁ、多産の家から選ばれたとかは書いてあったけど」

「王子が全然、生まれなかったからね。ここだけの話。国王の魔力量と、王妃と第二妃の魔力量では差がありすぎて、妊娠しづらかったらしいわよ。王妃は、なにしろ魔導士の家系とは縁もゆかりもない子爵家の出だものね。魔力はほとんどない人よ。第二妃も、家柄と父親が財務大臣という影響力で選ばれたんであって、魔力は考慮されなかったのね。おかげで子はできなかったんだわ。そんな裏事情で、魔力的に釣り合う家から側室を選んだわけ。そうしたらすぐに御子ができたのよ。第一王子と第二王子は魔力は高いでしょうね。おふたりに比べて、ロベール第三王子とサリエル第四王子は魔力量は高くはないみたい。特に、サリエル王子はかなり低めね」

ライザは声を潜めて教えた。

「サリエル王子のその『噂』は雑誌にも載ってたわ。魔法実技の授業中に、魔力切れを起こして倒れたとか。サリエル王子は法学部なのに魔法実技があるの？」

「ああ、それは中等部の頃の話じゃない？　中等部までは魔法実技は必修だもの」

「そうなのね」

ノエルはふと思った。

魔力量の少ないサリエル王子。

魔力量の多い婚約者候補のゼラフィ。

――だからゼラフィが選ばれたのかしら。

「国王になるのに魔力量とかは関係あるの？」

ノエルはライザに尋ねてみた。

「本来はあるはずよ。ねぇ、ノエル。あなた、古い魔導士の家系よね？」

「そうらしいわ。今はすっかり廃れてるけどね」

「ホントそうね。だって、古い魔導士の家に遺る言い伝えを知らないの？」

「私は蔑ろにされてた次女だもの。知らないわ。それに我が家はもう芯から落ちぶれてるのよ。消えるのも時間の問題かも。……あぁ、ゼラフィが王子妃に決まったら少しは延命できるかもしれないけど」

「そうだったわね……。いいわ。教えてあげる。本当だったらノエルにも伝わっていたはずの話なんだもの」

ライザは器用に防音の結界を張った。

ノエルは大事な話なのだとわかった。小声でも心配だからだろう。

「ありがと、ライザ。拷問されても秘密にするわ」

ノエルが思わず誓うと、ライザが笑った。

「そこまで秘密じゃないと思うけど、お願いね。うちはノエルの家よりも魔導士としては下っ端だけど、きっちりと魔導士の伝統は大事にしてるのよ。あのね、我が国は魔導士が民と領土を守って興した国でしょう」

ライザの前置きにノエルはアンゼルア王国の歴史を思い出す。

アンゼルア王国は元は貧しい農業国だ。

資源は乏しく、自然環境も不安定だ。

そのかわり魔導士が多かった。

周辺国から攻められると魔導士たちが闘った。

　千六百年ほど前には、強い魔導士を国王と定めアンゼルア王国とした。

「国を守るために多くの魔導士が命を落としたわ。今は、周りの国とも同盟を結んで、農作物の輸出で糊口《ここう》を凌《しの》いでる感じね。千六百年前も貧しい国だったのよ。国を守るのは大変だったでしょうよ。なんとか守り切って国を作ったんだわ。生き残った中で最も多くの犠牲を払い国を守った家が王家となった。その時に誓ったのよ、国王は魔導士としての力を大切にすることを。そうでなければ、国神の加護を失う」

「国神の加護を失う？　それは大変なことよね」

　思わずぶるりと体を震わせた。

（魔導士を大事にするという国神との約束はどうしたの）

　魔力という人智を超えた力を使わせてもらっていることを侮りすぎているのではないか。この国は計り知れない恩恵を得ていたのだ。

（恩を仇で返すにもほどがある）

「ふふ。やっぱり、ノエルは生粋の魔導士ね。こんな貧しい国が国として成り立ってきたのは国神の加護があるからと思うわよね。それに、ご先祖様はたくさんの犠牲を払って国を守ったんだもの。その伝統を守るのは子孫の役目よ。中心となるのは王家のはずだったわ。でも、数十年も前には、魔導士を契約で縛って搾取する家が取り立てられたんだわ。王家はそんな家からも王妃を選んで嫁がせた。だから、国はずいぶん傾いたわ。あの時の国王は、皆、短命だったわよね。国神を怒らせたからだって、うちの父は言っていたわよ」

「私もそう思うわ。ひどい話よ」

ノエルは当時の話を聞いて憤慨したのだ。違法な契約で魔導士を縛り奴隷にしたのだ。

「それでね、ノエル。我が国の王は『国神が選ぶ』といわれているのよ。ここ何代かはどうだか知らないけれど。多分、それが蔑ろにされてたんじゃないかしら」

「と言うと？」

ノエルは思わず眉をひそめ尋ねた。

「相応しくない王妃が選ばれると、子が産まれにくくなったりするわけ。だから、あの王妃は子をなかなか産めなかった。第二妃もね。側室のおふたりは元の婚約者候補だった方よ。国神の加護のおかげか、すんなりと王子が生まれたわ。それなのに、他の王子を王太子に選んでしまったらどうなるかしら？」

「……国がヤバいかも」

「もぅ、ノエル。淑女はヤバいとか言っちゃダメよ……。まぁ、傾くかもね。この国は泥船かもしれないわ。私の父は、だからドルセン王国とアルレス帝国に婚約者探しに行けとか言ってるのもあるのよねぇ」

ライザが物憂げに微笑み、内緒話は終わったと言いたげに防音結界を解いた。

◇◇◇

半年後。ノエルは高等部に進学した。

学費を貯金できたおかげで奨学金は申請しなかった。

自分で働いて学費を払えるなんて、まるで独り立ちができたみたいだ。

――先生たちのおかげだから、ぜんぜん独り立ちじゃないんだけど。

ノエルは教務に言われて、アルノールがノエルに支給される教材費に「研究協力費」を足してくれていたことを知った。

だからノエルは参考書を買うのに困らなかった。

お金や物の価値をわかっていなかった。今まで、ノエルが教務に注文していた参考書は実はけっこう高額だった。

アルノールには出世払いで恩返ししようと思う。

最近のノエルの悩みは、革鎧の付与魔法だ。

革鎧に、結界の魔法を薄く纏わせたいのだ。

結界を普通に付与すると、革鎧を中心にドーム状に結界が展開される。

ドーム状の結界でも騎士を護ってはくれる。だが、それでは使えない難点があった。

まず、効率が悪い。ドーム型結界では面積的に大きめに張ることになる。多くの魔素を必要としてしまう。付与魔法品は周りの魔素を吸って動力源にしているが、周りの魔素といっても無尽蔵ではない。ゆえに、どうしてもドーム状の結界を張り続けようとすると、魔素不足で強度が低くなる。

難点は他にもある。結界を付与する革鎧は前衛の騎士が使う予定だ。彼らは襲い来る魔獣を斃さなければならない。それなのに、ドーム状の結界を纏い続けると魔獣に近づけない。

前衛の騎士たちは最も危険な役割を担っている。

だから、騎士団から、装備する革鎧に結界を付与したものを望まれた。

これまで騎士団では、魔獣素材の革鎧が使われていた。

ただ、「柔らかく」「強く」「薄手」の素材というのは、なかなかない。

ついでに、安価であってほしい。少なくとも、手に入れるのが困難では困る。

小型の雑魚竜の素材は手に入れやすく、それなりに柔らかく薄手で、そこそこ頑丈ではある。

だが、〝そこそこの強度〟では足りない。できれば、魔獣の爪や牙が直撃したときに、騎士の体を致命傷から護るくらいの強度が欲しい。

ノエルは騎士団の要望に応えるために、結界を薄く纏わせ、強度を上げたかった。

けれど、起伏のある素材で、しかも面積が広い革鎧は、付与魔法が最も苦手とするものだ。

おまけに、どうしてもドーム型の結界になってしまう。

こうしている間にも前衛の騎士たちは危険な任務に就いている。

前衛の騎士たちに怪我が絶えないという話はアルノールから聞いた。アルノールは討伐作戦があるときは素性を隠して治癒士として同行することがあるのだという。

焦っても頑張っても、どうしてもできない。

——どうしよう……。

ノエルは失敗した革鎧を掴んだまま項垂れた。

目頭が熱くなる。

唇を噛んで堪えても涙が溢《あふ》れてくる。

じっと目を閉じて座り込んでいると、微《かす》かな足音が聞こえ、作業室のドアが開いた。

「ノエル！　灯りがついているからまさかと思ったら……。ミシェリー教授が心配してたよ、教授が帰るときにもまだ残っていたからって。窓を確認して良かった」

アルノールだった。セオは今日は用事があって早めに帰っていた。

「ろ、ロシェ先生……」

ノエルは慌てて涙を拭った。

「今、何時だと思ってるんだ。とっくに学園は施錠されているんだよ」

アルノールは隣に座りノエルの顔をのぞき込んだ。きっと、目は赤くなっているだろう。ノエルはさらに俯《うつむ》いた。彼の口調は呆れるでも怒るでもなく、労るように優しかった。

「うまくいきそうなアイデアが浮かんで、試したくなって……。でも、結局、やっぱりできなくて」

言い訳をしながら頬が濡れるのを感じた。

「ノエル……」

そっと肩を抱き寄せられ、髪を撫でられた。

必死に涙を抑えようとするが、うまくいかない。

「でき……なくて。前衛の人に。ひどい怪我、しないように……。早く、作りたい、のに」

嗚咽でつっかえながら言葉を紡ぐ。

「アイデアが浮かんだって言ったね？　どんなアイデアだったんだい？」

囁くように、柔らかな声で尋ねられた。

「えと……。今日の薬草学の時間に、水で濡らすと葉全体がぬるぬるする水の木草という薬草を使ったんですけど。それが使えると思ったんです。葉がぬるぬるで覆われるのを見て、こんな感じで結界を革鎧に纏わせようって……。ぬるぬるして粘度があるから革鎧にしっかり付着させられそうだから。革鎧に纏わせる結界は、これだ！　って思って。そのイメージが新しいうちにって何度も繰り返してやってみたんですけど。どうして……も、強度が……弱くて」

　ノエルの目からまた涙が溢れてくる。

　ふいに、アルノールがノエルをぎゅっと抱きしめた。

「ひとりで背負い込まないでくれと言っただろう。焦らなくてもいいんだ。これまで騎士団は、あの炎のレイピアもなくて頑張ってくれていた。今は、さっくりとよく切れるレイピアがある。それだけで、前衛はとても助かっている。少しくらい、待ってくれる」

　アルノールからほわりと魔力が流れてくる。治癒の魔法だ。

「ロシェ先生……」

「〝心の癒やし〟だよ。心も疲弊するんだ。体と同じように。ノエルは疲れてしまったんだよ。休まないと集中もできないよ」

「ごめんなさい」

　ノエルが俯いてぽつりと言うと、アルノールは指先でノエルの髪を撫で、肩から手を離した。手の温かさが離れると心まで寂しくなるとノエルは思った。

　ふたりきりの部屋でこんな風にしているのは良くないと知っている。ノエルとアルノールは、教師と生徒だ。でも、離れたくなかった。今は心の治癒のために触れただけだとしても。

　すると、アルノールはノエルが膝の上で握る拳をそっと掌で包むようにしてくれた。

「水の木草のイメージで、革鎧に纏わせる結界はできたのだろう？　もう一息だよ。纏わせて、固く守る結界を張りたかったんだよね？　第一段階はできたということだ」

アルノールが励ますように微笑む。

「そっか、そうですよね。第一段階は、成功……」

そのことをノエルは忘れていたのだ。心が疲れ切っていたために。

「あとは、その皮膜のような結界を強めていけばいい。ノエルならできるだろう。混合魔法は得意だよね？　風と火の混合魔法、雷魔法がうまくできるのだから。イメージの重ね掛けもきっとできるよ」

「重ね掛けを魔法と同じようにですか。混合魔法と同じに……。柔らかな結界と、鋼の強さと。風と火を混合させるみたいに……」

ノエルは目を閉じてイメージをしてみる。うまくできるような気がした。雷魔法も一度コツを覚えれば慣れていった。最初のコツを掴むのだけが難しいのだ。

手にしていた革鎧に視線を向ける。

手を翳し、水の木草の柔らかな粘液が鋼のごとく強靭《きょうじん》になる様を思い描く。

魔力がぶわりと革鎧に流れ込んでいく。

――付与……。完成……。

夜中近くまで魔法を使い続けたノエルは限界だったらしい。気が遠くなるのを感じた。

「ノエル！」

アルノールの焦る声を遠くに感じた。

翌朝、ノエルは寮の部屋で目を覚ました。

寮母にアルノールは「作業室で魔法を使いながら気を失っていた」と説明をして、部屋に運び込んだらしい。

革鎧に付与した結果は、見事に薄く柔らかく、そして強度も十分に高かった。

アルノールの前で泣いたり気を失って運んでもらったりしたノエルは彼に会うのが恥ずかしかったのだが、革鎧の結界付与の成功に興奮して気まずさはいつの間にか消えていた。

のちに、革鎧の結界の強度を上げようとすると、魔力をバカ食いすることもわかった。迂闊に「ミスリルくらいに強く」などと付与しようものなら、簡単に魔力切れを起こし、気絶では済まなくなる。

ノエルはアルノールに「鋼以上は駄目だ。禁止だからね」と何度も厳しく言われた。ノエルもまだ死にたくないので真摯に頷いた。

◇◇◇

最近、ミシェリー教授は小さな魔導具を作ってくれた。魔力量を測る魔導具を小型で簡素にしたものだ。それをレイピアの柄にはめ込むことで、付与魔法の魔力残量を色で示してくれる。

色が青から緑に変わったら要注意。赤に変わったら、もう付与の効果は残っていない。

安心してレイピアを卸せるようになった。前に卸したレイピアにも全てこの残量表示用の魔導具をはめ込んでもらった。

卸す本数は学生の身なので多くはなく、威力もそう大きくはない。

付与の効果は使い方によって大きく変わるのだが、試験用から実用へと卸す規格を変えた今は、平均して八カ月は付与の効果がもっている。

以前の試験用も、アルノールたちの試算では半年はもつ予定だったのに、おおよそ四カ月で使い潰されていた。今卸しているタイプはその倍の魔力を込めている。

それにしても、我が国の騎士団は過酷な仕事をしているとつくづく思う。

騎士団に渡すレイピアの付与魔法で大事なのは、とにかく「一定していること」。

威力は、強すぎず弱すぎず。常に一定。

そうでないと事故のもとだ。

勝手に作れない、というのはなかなか大変だ。

——これが量産品の悲しさね。でも、今はそれでいいかな。なにしろ学業の片手間なんだもの。

それでも学費と寮費はかろうじて貯まった。

進学してひと月ほどが過ぎ、高等部一年の生活も慣れ始めた頃。

突然、教務に呼び出された。

「ご実家のヴィオネ伯爵家から遣いの方が見えてるわ」

と知らされ、ノエルは動揺で頭が真っ白になった。

——なんで？

どうせろくなことではない。ノエルは教務の事務員に急かされ応接室に向かったが、一計を案じ、事務員に頼んだ。

「ミシェリー先生のところに行く用事があったので伝言をお願いできませんか。ヴィオネ家から遣いが来たので遅れるって」

　事務員は「わかりました」と答えてくれた。

　ノエルは少し安堵して応接間のドアを開けた。

　本当はアルノールに助けを求めたかったが、表向きノエルとアルノールは無関係なのだ。咄嗟にそのことを思い出した。

「ああ、ノエル様」

　部屋に入った途端、そう声をかけてきた使用人は見覚えがあった。

見習いとして、執事ハイネの下についていた男だ。ハイネが高齢だからだ。

「まだ授業があるんですけど。なんでしょう」

　ノエルは平淡に告げた。

「お父様からの命令です。学園をすぐに辞めて邸にお戻りください」

「は？」

「ゼラフィお嬢様がサリエル殿下の婚約者に選ばれる可能性が強まりましたので、王立学園でのお側付きの侍女が必要なのです。丁度良い人材がおりませんので、ノエル様にお願いします」

　執事見習いの男は居丈高にそう告げた。まるで、この命令を告げることが誇らしいとでも言うように。

　ノエルは頭に血が上るのを感じた。

「冗談でしょ？　お断りよ。学園は辞めないわ」

「伯爵様のご命令なのですよ」

男が目を見開いた。

「断るって言ったでしょ」

「とんでもありません。断ることなどできません。ノエル様は、ヴィオネ伯爵家のご令嬢なのですから。ヴィオネ伯爵に叛《そむ》きますと勘当されますよ」

男は、半ば怒鳴るようにそう言い放つ。

「勘当してもらっていいわ」

「ノエル様。真面目な話です。ヴィオネ伯爵はすぐに連れてこいと命じられました。叛くのでしたら、本当に勘当でしょう」

「だから、勘当してくれていいわ」

だんだん男の顔色が青や赤に変わり、こめかみには血管が浮き出ている。

——卒倒しそうね。

とノエルは思った。

「こちらも真面目な話よ。ヴィオネ家の都合なんて私は関係ないわ」

「いい加減になさいっ！」

男は不意に立ち上がり、ノエルの腕を掴んだ。

ノエルは思わず雷を発動、男は悲鳴をあげて手を離した。

すぐにドアが開いた。

「なんの騒ぎだ？」

セオの飄々《ひょうひょう》とした姿が入り口にあった。

「ミシェリー先生！」

ノエルはセオのもとに走り寄る。

「我が学園の生徒になにをした」

セオに睨まれ男はすくみ上がった。

「こ、これは、ヴィオネ伯爵家の問題でございます。ノエルお嬢様は、もうこの学園を辞める手続きをいたしました」

「はて？　私の弟子が辞める話など学園長からは聞いておりませんが？」

「で、弟子？　他所の家の令嬢を勝手に弟子などと……」

「ミシェリー先生に失礼なこと言わないで！　お世話になってるんだから！　勘当してくれていいって言ってるでしょっ！　早く帰って！」

ノエルはセオの腕に縋りついたまま声を上げた。

「そんな生意気なことを仰って、知りませんよ、本当に勘当されますからねっ！」

「望むところよっ！」

執事見習いが怒りも露に足音を鳴らしながら出ていき、ノエルは思わず応接間の壁に背中を預けた。

「大丈夫か？」

セオに尋ねられ、ノエルは事情を喋った。

「ゼラフィの……姉の侍女が必要だからって。王立学園で侍女をやれって。それで、学園を辞めろと言ってきたんです。父からの命令で」

「とんでもないクソ親父だな」

セオの言葉にノエルは気が抜けて笑いそうになった。

ふいに、ドアの開け放たれていた出入り口に人影が見えた。

「聞こえたよ」

にこやかに入ってきたのは護衛と従者を連れたロベール王子だった。

「ロベール殿下……」

「殿下は私のところに丁度、来ていてね」

セオが苦笑する。

「聞きしに勝る家だな、ヴィオネ伯爵家というのは」

ロベールは応接間のソファにどかりと座った。

「そうだな」

セオが頷く。

「勘当されたいんだったら、正式に手続きしておいたほうがいい。そうしないとこれからも色々言ってきそうだろう？」

「そうですね。そうします」

ノエルは凭《もた》れていた壁から離れて立ち直す。

「ノエルひとりじゃ心配だから、私の護衛と従者を貸そう」

「そんな簡単になんてことを仰るんですか……」

ノエルが脱力すると、ロベールが肩をすくめた。

「当然の配慮だと思うが？　ミシェリー教授から私は幾らか聞いているからね。騒ぎが大きくなる前に速やかに勘当されるためにも厚意を受け取って置けばいい。ブラド、リンゼイ、行ってくれ」

「かしこまりました」

「了解です」

ふたりの凛《りん》とした美丈夫が答えた。

ノエルは成り行きに翻弄されたままに学園を出ると、まずは王宮へ向かう。手続きに必要な義絶状の書面を法務部に取りに行った。

時間節約のため、ノエルは騎士ブラドの騎馬に乗せてもらっている。急いでいるため容赦なく速い。おまけに、騎士の相棒は軍馬だった。

ヴィオネ伯爵家に帰ると父の馬車があった。執事見習いに指示を出したのだからいるとは思っていたが、三年一カ月ぶりの再会だと思うと身がすくむ思いだ。子供の頃の辛い日々を思い出す。

それでもノエルは、背筋を伸ばして対峙することに決めていた。

――震えるな、私の体。頑張れ。

これで念願の家との決別ができるのだ。

すぐ隣には騎士ブラドと従者リンゼイがついてくれている。

ふたりの馬は、厩舎ではなく庭先の木に括っておいた。用事がすみ次第すぐにお暇するからだ。

相変わらず見窄《みすぼ》らしい邸のドアを叩くと、執事が顔をのぞかせた。

三年前よりもさらに老けた気がする。思えば彼も苦労が多くて大変だろうなとは思う。

「ノエルお嬢様、戻られたのですか」

一瞬、驚いた表情を浮かべたが、隣のふたりの男性に目を留めて戸惑った。

ふたりともいかにも立派すぎる出で立ちだ。

「こちらの皆様は？」

「立会人の方よ」

「立会人、とは……？」

「お父様は執務室ね」

「左様でございます……」

ノエルは執事の脇をすり抜けるように階段に向かう。ブラドとリンゼイもすぐそれに従う。

ヴィオネ伯爵の執務室は邸で最も立派だった。

他の部屋はひどい有様だが、父の執務室、母の部屋、姉の部屋だけは別世界のごとく整っている。

応接間も整えればいいのにと子供心に思っていたが、ヴィオネ家には客など誰も来ないのだから要らないのだ。

ノックののちに三人が部屋に入ると父が目を剥いた。

「なんだ、一体！」

いつものように怒鳴るが、かなり戸惑っている。

「お父様、お久しぶりです。お父様が提出しようとした退学届ですが受理されませんでした」

「なんだって？」

「私はセオ・ミシェリー教授の弟子にしていただいて、高等部入学のときはミシェリー教授に保護者欄に署名していただきましたので。ヴィオネ家は関係ないんです」

「馬鹿な！　私が貴様の父親だ！」

「三年間、放置でしたし、入学の手続きからなにからヴィオネ伯爵家からの付き添いは一度もなく、母の署名ひとつだけで学費は奨学金でした。おまけに、私の体に炎撃を撃たれた痕が数多くあったことも治癒士の方に確認されています。そういった事情で、学園が配慮してくれました。もろもろ考え合わせると、私は親から虐待されたか、養育放棄されていた可能性が高いとみなされました」

　父は息を呑んだ。

　貴族としてまずいことがわかったらしい。

「このたび、お父様の指示に叛いたら勘当だろうと言われましたのでそれに従うことにしました。こちらが義絶状になります。ご署名ください。お父様、念願の要らない次女の勘当です」

　ノエルは書面を渡した。

　父の顔は憤怒で真っ赤だ。相当、血圧が上がっているらしい。

「貴様、後悔するなよ。なんの能力もないだけでなく貴族でもなくなるのだからな」

　悪あがきのように呪詛を吐きながら父は署名した。

　ノエルは父が無事に署名を終え、突き出すように書類を返すのを震える手で受け取った。

間違いなく父の署名だ。

リンゼイも横目で確かめ頷いた。

「ありがとうございます、元お父様」

ノエルはにこりと微笑んで書類をリンゼイに渡すと、リンゼイは大事に書類入れにしまった。

これでもう用はない。

「ご機嫌よう」

ノエルは心も体も軽やかにヴィオネ伯爵家を後にした。


学園に戻り、ミシェリー教授の研究室に入るとアルノールが心配そうに待っていた。

ロベール殿下の姿はなかった。

ノエルはアルノールの姿を見た途端、張り詰めていたものがぷつんと切れたかのように涙が込み上げてきた。

顔を手で覆い止めようとしても駄目だった。

「ノエル」

ぽろぽろと涙をこぼすノエルをアルノールは腕の中に閉じ込めるように抱きしめた。

「かわいそうに、怖かっただろう」

髪や背を撫でてくれる。

「ろ、ロシェせんせ」

ノエルはアルノールにしがみついて胸に顔を埋《うず》めた。

「頑張ったね」

優しくされると余計に涙が止まらない。

アルノールはずっと宥め続けてくれた。

ノエルは涙腺を崩壊させていたので気づかなかったが、その間にミシェリー教授もヴィオネ伯爵が署名した義絶状を確認し、ブラドとリンゼイは立会人として署名をしてくれていた。

ふたりはそれぞれ伯爵家と侯爵家の令息で成人していた。これで書類は完璧になった。

完成した義絶状はリンゼイに託した。

「すぐにヴィオネ伯爵家とは無縁になれますよ」

と声をかけてくれた。

ブラドも優しく微笑んでいる。

ふたりが帰ったのち。

「ブラド・バントランが一緒だと聞いたから安全とは思っていたんだけれどね」

未だノエルの髪を撫でながらアルノールが言う。

「有名な方なんですか」

赤くなった目をセオが作ってくれた冷たいお絞りで冷やした格好でノエルは尋ねた。

「昨年のアンゼルア王国剣術大会、優勝者だよ」

「ひぇ」

そんな強い人がついていてくれていたとは知らなかった。

リンゼイも、ワドラフ侯爵家の子息だという。ワドラフ侯爵といえば宰相閣下だ。

立派なおふたりとは思っていたがこき使ってしまった。おまけに大泣きしてアルノール教授に抱きついた姿まで見られた。

済んだことは仕方ないので即行で忘れることにした。

後日、ノエルは、ロベール殿下たち三人にお礼の品を渡した。

ブラドには雷魔法を付与した投げナイフを十本。ブラドは得物はなんでも使えると聞いたので雷魔法を込めた。

ロベールとリンゼイには、風魔法を付与した腕輪のセット。これは「盗み聞き」の風魔法を使ったもので、互いの腕輪に少々の魔力を与えると離れていても話ができる。

アルノールとテストしたところ、学園内なら会話ができたので王宮内でも使えると思う。

三人は喜んでくれた。

◇◇◇

ヴィオネ伯爵家から勘当されて一週間が経った。

ライザにはすぐに報告してしまった。

経緯を聞いてライザは呆れた。

「ヴィオネ伯爵家は本気でお終いね。うちにも報告しておくわ。どうせお付き合いはなかったと思うけど」

「ゼラフィは王子妃になるかもよ？」

「そんな見る目のない王子様じゃねぇ……。あぁ、でも、サリエル王子はとても気が弱くて王妃の言いなりらしいから、自分で婚約者を選んだのじゃないかもしれないけどね。どちらにしろ、王妃は王宮で嫌われてるみたいだし、どうでもいいかな」

　ライザは肩をすくめた。

「気が弱いのにあの炎龍なみに気の強いゼラフィの婚約者になるなんて、大変ね」

　ノエルは他人事のように言った。実際、他人事だ。

　気の毒な王子が尻に敷かれる未来しか見えない。

　――でも、自業自得よね。もっと調べればいいのに。

　あまり生活に変わりはないな、と思っていたら甘かった。ヴィオネ家が生意気な元次女に報復しないはずもない。

　王立学園に友人のいる学生はたくさんいるのだ。

　ノエルの噂が立ち始めた。

　曰く。

『素行不良で家から勘当された』

『家出娘で、裏でどんな生活をしていたかわからない』

『ふしだらなために匙を投げられた』

　などなど。

　デタラメすぎて、突っ込みどころ満載のデマだ。

　ライザが人脈を使って真相を流してくれているが、王立学園ではノエルがどう思われているか想像にかたくない。

昼休みは遠巻きにヒソヒソ噂されるのが嫌で中庭の隅でパンの昼食を済ませるのにライザは付き合ってくれた。

「クラスの女子は、みんな呆れたデマだとわかってるわ」

ライザが慰めてくれる。

若干、落ち込み気味のノエルをずっと気遣ってくれている。友達はありがたいとつくづく思う。

「ありがとう、ライザ」

「ヴィオネ家がこんな性悪だとはねぇ。ノエルの話で少しはわかってたけどね」

ノエルは、ライザには少しだけ事情を話していた。

壮絶な虐待のほんの一割くらいだが。ひとりでお使いに行かされたとか、芋運びとか重労働をさせられていたとか、姉の炎撃の的になってたので結界が上手いとか。

──あれ？　いつの間にかけっこう話してたのね、私。まぁ、いっか。

「ライザ。噂の件も、助かるわ。気にしないつもりなんだけど、ちょっと腹立つし」

「そうよね。でもね、クラスメイトとか特に女子はみんな突拍子もないデマだってわかってたもの。最初からね。だってノエル、成績トップだし。ミシェリー先生の補佐とか、教務の手伝いまでしてるし」

トップなのは本当だ。中等部では奨学金のために必死に勉強したのだ。

ノエルの名は試験結果一位から落ちたことはなかった。

国立学園学年トップが不勉強で素行不良でふしだらな学生に維持できるわけがない。

実際、ノエルが魔法の練習をしたり、図書室で勉強したりしている姿とか、授業の終わりに教授を掴まえて質問している姿とか、皆、知っている。

おまけに、ミシェリー教授の補佐や教務の手伝いはノエルが誤解を受けないように学園が公表している。ミシェリー教授も隠していない。

これでは妙な噂に騙される者はいない。

ただノエルのことを知らない者もいる。学年が違っていたり、高等部から国立学園に入ったりした学生たちだ。

さらには「そういう噂を流された」とか「家から勘当された」という事実だけでも白い目で見てくる者もいるのだ。

たとえ、デマだとわかっていても。その多くは男子だった。

「でも、まさか友達だったディアンがあんな態度になると思わなかったわ」

ノエルはボソボソと愚痴りながらパンをちぎった。

ディアンはノエルが勘当されて以降、あからさまにノエルを避けていた。

挨拶しても無視されている。

「あー、男子はねぇ……」

ライザが肩をすくめる。

「なんで男子なんだろ。まぁ、関係ないからいいけど」

「いいの？　関係ないの？　ノエル。いいなって思ってた男子、いないの？」

「いないわ。だって、たまに話すだけだし」

「たまにっていうより、もっと話してなかった？」

「クラスメイトだから。話してたかも？　でも、あんまり考えてなかったわ。話しかけられたとき面白そうだったら答えてただけだし」

「……けっこう魔性の女だったのね、ノエル……。男子はそれなりにノエルのこと、嫁候補とか将来の愛妾候補とかに考えてたと思うわよ。ノエルは可愛いし魔法の腕が良さそうだから、嫁にしたら稼いでくれそうだし。それに落ちぶれたとはいえ伯爵令嬢だし。でも、勘当されて平民になっちゃったから候補から外れたわけよ」

「うわ、そうなの。愛妾候補？　馬鹿じゃないの。私が愛妾？　色気がなくてもいいの？」

「……まぁ、確かに色気はクラス最下位だけどね……」

　ライザが若干、言いにくそうに呟く。

「クラス最下位って……。それはひどくない？　私、アニーやリンダにも負けてるの？」

　ノエルは、あのふたりには勝ってると思っていた。

「リンダは胸の谷間があるし。アニーはあざといわ。本命のアルガン先生には露骨に避けられてるけど、男子にはそれなりに人気があるのよ」

「ショックだわ。まぁ、いいけど……。色気はこれから育てる予定なのよ」

「そうよ、これからよ」

　ライザの励ましが棒読みに聞こえた。

◇◇◇

ノエルが忙しくなったのはある意味、自業自得だった。

ライザの十六歳の誕生日プレゼントにノエルは氷魔法を付与したカップを贈った。

入れただけで飲み物が冷たくなるカップは便利だ。カップもお洒落で可愛い柄のものを選んだ。

ノエルが付与魔法をかけたものを友人に贈ることにセオやアルノールは難色を示したが、「ミシェリー教授が考案した魔導具」と誤魔化すことで渋々了解してもらい贈った。

実際には、付与魔法で作られたものと、魔導具はだいぶ違う。

付与魔法品には、魔力供給源の魔石が要らないので付いてない。

性能面での一番の違いは、付与魔法品は「わざわざ稼働させる必要がない」こと。

剣であれば、獲物を切りつければ炎を纏うし、カップには飲み物を入れた途端に冷える。ゆえに、全く意識しないで使える。

この差は特に武器の場合は顕著だ。

通話に使える「盗み聞きの腕輪」に関しては魔力を少々流す必要があるが、それはペアの腕輪を繋げるのに必要なので、通話するときの動力源は他の付与魔法品と同じだ。つまり、周囲の魔素をエネルギー源としている。

ノエルが付与魔法の品を作るときに込めた魔力は補助的に使われるだけなので長く使える。

その後、メリソン家から「同じカップを百個ほど手に入れられないか」と問い合わせが来てしまった。

ノエルの勘当騒ぎの際、ロベールたちに贈った風魔法付与の腕輪と雷魔法付与の投げナイフは、宰相や騎士団に知られ注文が来てしまった。

ノエルは必死に作った。

ライザからの注文は、とりあえず二十個にしてもらった。

騎士団からの注文は、西部の森で魔獣が増えていると聞いていたので最優先で頑張った。

宰相への品も、なんとか注文の五セットは作って納品した。

さらに、いつものレイピアも作っている。騎士団の使い方が荒いようで消費が激しい。

低ランク付与付きレイピアは長剣一本と同じくらいの値段で、魔獣がサクッと切れるので重宝されている。

アルノールは「もっと高くすればよかった」と反省しているが、他国で売られている付与付きレイピアを参考にしてつけた値段なので安くも高くもないと思う。

アルノールは、ノエルが忙しいのを心配しているのだ。

ブラドは「我が国の騎士に魔導士が少ないから多く消費してるんだと思うよ」と教えてくれた。

結界を付与した革鎧も、前衛の騎士たちに行き渡るよう注文に応じている。

ノエルの付与魔法もだいぶ上達したのだ。

学業のほうもあるのですごい大変だ。

それでも、なんとか高等部一年前半の試験はトップを維持した。かなり接戦だったので次は二位に落ちるのを覚悟だ。奨学金はもう要らないので意地になることもない。

貼り出された順位表を見て、国立学園の廊下に響《どよ》めきが起こる。かつてないざわざわぶりだ。

ライザが「ふふ。すごい騒ぎになってるわよ」と笑った。

ノエルとライザはなるべく離れたところで見ていたが、廊下なので他の学生たちはたくさんいて、気のせいかチラチラ見られている。

「ライザ。なんか、悪い笑顔になってるわ」

「えへへ、そう？」

「ライザが『秘密にしとけ』って言うからそうしたのよ」

「だって、そのほうが面白いじゃない」

なぜかこういうときに現れるエリーザがまたやってきた。

「ノエル！　どういうこと？　『ノエル・ミシェリー』って！」

「いや、別に。どうもこうもないわよ。ミシェリー教授が、私が未成年なのに保護者なしはマズイだろって……」

「そういう問題じゃないわっ」

「なんで騒ぐかなぁ……。そういう問題なんだってば。私、まだ十六歳じゃない？　保護者って、やっぱ要るでしょ。そんで、ミシェリー教授の御子息が養女にしてくれたってだけで……」

「はぁ？　御子息？　ミシェリー教授じゃないの？」

「ミシェリー教授は奥様を病で亡くされてるからよ。『お母さんもいたほうがいいだろ』って。それでね、御子息の養女になったわけ。でも、御子息は、今はアルレス帝国で手広く商会を……」

「アルレス帝国？　手広く商会？」

　エリーザの眉間に不可解そうな皺が寄る。

「すんごいお金持ちなんだって。びっくり」

「こっちがびっくりよ！」

「なんでエリーザがびっくりすんのよ」

　どうも話が噛み合わない。

　——ま、噛み合わなくてもいいか。エリーザはいつものことよね。

　なぜか隣で笑いこけているライザを恨めしく思いながら適当に話を切り上げておいた。

閑話　ディアンの憂鬱

ディアン・ルロワは「はぁ……」とため息をついた。

失敗したことは分かっている。

ディアンの次兄、オランドが離婚した。たった三年間の結婚生活だった。

ルロワ侯爵家はにわかに騒がしくなった。

離婚理由は、兄嫁の浮気。

兄ではない、嫁が浮気したのだ。

次兄が離婚したと聞いたとき、てっきり兄が浮気したのだろうと思った。

オランドは、結婚してすぐの頃から浮かない顔をしていた。

兄は、自分の好みではない女と結婚した。資産家で頭も良い妻だが、容姿は兄の好みとは違いすぎた。地味で美人とはお世辞にも言えない。

兄は、そもそも綺麗系が好きなのに、彼女は可愛いタイプだった。愛嬌がある、という感じだ。

おまけに趣味も違うし、会話が続かないとぼやいていた。

兄はそれでも婿入りしたのだからと、バルド伯爵家の領地運営や商っている料理屋の管理を頑張っていた。

ルロワ侯爵家の両親から「婿が浮気などしたら、決して許されないからな」と釘をたっぷり刺されていたので、女遊びはもちろん娼館にも行かなかった。

それなのに、兄の妻は浮気した。

さぞ、多額の慰謝料をもらえるだろうと思ったら、ささやかな額しか得られなかったという。

腑に落ちないディアンはさらに詳しく聞いた。

兄オランドは、結婚生活が辛かった。妻をどうしても愛せない。

それなのに、婿だから浮気も許されない。

人生の幸せの半分が最初から失われたようなものだ。

母は「暮らしているうちに好きになれるわ」と言っていたが、化粧を取った妻は余計に不美人で、オランドの好みからは遠く離れている。夫婦生活は冷え切っていた。ふたりの仲が温かかったことなどない。

オランドは、そのうちに好みの女性を自分の補佐に置くようになった。

浮気ではない。ただ、そばにおいて仕事をさせただけだ。

少しばかり、彼女がそばにいたときは笑顔が多かったかもしれない。

彼女のミスには甘かったかもしれない。

だが、それだけだ。

必死に気持ちを抑えた。

けれど、妻にはそう見えなかったらしい。

離婚調停の場で、屋敷の侍女や使用人たちは証言した。

『奥様には笑顔ひとつ見せない旦那様が、あの秘書の娘にはずいぶん緩んだ甘いお顔をされていました』

『奥様はお優しく旦那様を支えていつも気遣ってらっしゃったのに、旦那様が優しくするのは綺麗な秘書ばかり』

『お誕生日に奥様はずっと前から準備して贈り物を取り寄せているのに、旦那様は秘書に金をやって買いに行かせてました。秘書への贈り物はご自分で買いに行かれますのに』

『奥様が夜会の準備で座る間もなく忙しくされても、旦那様はのんびりしていた秘書しかねぎらいませんでした』

そういった証言は幾らでも出てきた。

挙げ句、可愛いと思っていた侍女に少々優しくしたことも取り沙汰された。

妻は、幼馴染の青年と正真正銘の浮気をしていた。

それなのに、オランドの不貞のほうが悪質であるようになっていた。

慰謝料は、屋敷を追い出されるオランドが気の毒だからと少々もらえた。

叩き返してやろうかとも思ったが、バルド伯爵家で婿として家の仕事に務め、三年間は働いたのに大して小遣いもなかったことを思い出しもらっておいたという。

元兄嫁は、誠実で優秀だという幼馴染と再婚したが、今回の離婚で悪評の立った兄の婿入り先はもうないだろうとルロワ侯爵家の両親は嘆いた。不倫しておいて何が誠実だ、とディアンは思うが、兄の「不貞」のほうが先で、兄嫁の浮気はつい最近、兄との離婚を決めた後だという。

萎びたように落ち込んだ次兄の姿にディアンは血の気が引くようだった。

自分の未来のように思えた。

そんな折に、ノエルがミシェリー家の養女になったことを知った。

ノエルは優秀だ。少し考えればわかることだ。

魔力を持つ平民だって、しばしば貴族家の養子になるのだ。

ミシェリー教授のお気に入りのノエルなら、良いところに引き取られるに決まっている。

――俺、なにやってんだろうな。

ノエルは好みだった。話も合ったし一緒にいて楽しかった。

好きだった。

可愛いとずっと思っていた。

でも、貧しい家の娘だからと、せいぜい愛妾だと思っていた。

伯爵家を勘当されたと聞いたときは腹が立った。

せっかく愛妾候補だったのに。

勘当され、妙な噂に晒された女と関係があると思われたくない。自分の婿入り先に影響する。

だから避けた。

他の男子たちと同じだ。

もう、ノエルは、ディアンとは目も合わせない。

それはそうだろう。

辛かったときに無視をし避けたのだ。

友人でもない、そう思われただろう。

可愛いノエル。

初恋は、呆気なかった。

――こんなに徹底的に失うまでわからないなんてな。

自分の最低な行為の結果がこれだ。愚かすぎて悔やみきれない。

――心が張り裂けそうだ。

失った恋の傷は深く虚しく、容易に塞がりそうもなかった。

◇◇◇

西の森でにわかに増えた魔獣の討伐に、アンゼルア王国騎士団は全力を挙げていた。

西の森近くには大河が流れて支流に分かれており、水運の要である渡船場の町が広がっている。

森の魔獣を溢れさせることはできない。

この森は、時折、魔獣が増えることで知られていた。

その度に、騎士団は抑え込んできた。

今回は、増え方が酷く、王宮は緊張で強張った。

そこに、付与魔法の武器がもたらされた。

火魔法を纏ったレイピアは、以前から重宝していた。切れ味が最高に良いのだ。

長剣よりも軽いのにサクサクと切れる。

森狼の首を呆気ないほど簡単に切り落としてしまう。

魔導士の数が足りず、戦力不足だった国の騎士団は沸いた。

魔導具の武器も要所要所で使うことで、国防の弱いところを十分に補える。

西の森での討伐では、さらに雷魔法を纏った投げナイフが活躍した。

近くまで迫った魔獣に使える。

魔獣との距離が近いと、攻撃魔法の魔導具は危険で使えないのだ。雷のナイフはそんな時に騎士たちを助けた。

眉間や心臓などの急所に雷魔法の込められたナイフを投げつけるとすんなりと刺さり、魔獣の動きを止め、あるいはナイフ一本で斃せた。

雷は、魔獣によく効く。

前衛用に配られた結界付与の革鎧は、鋼熊の鋭い爪さえもはね除けた。

前衛の負傷率は格段に下がった。

西の森の討伐は予想よりもずっと少ない被害で完遂した。

のちに、恩人の付与魔導士が、悪質なデマの噂で貶されていると知った騎士団関係者はその払拭に全力を挙げた。

宰相や研究所の関係者もこれに参戦。

噂を流したヴィオネ伯爵家は、むしろ次女を虐待し養育放棄していたことが知られることとなった。

◇◇◇

ノエルは、ゼラフィの評判がだだ下がりしている、という報告をミシェリー教授の部屋で聞いた。アルノールが教えてくれた。

「だだ下がりできる余地があったってことは、ゼラフィってそれまで評判良かったんですか」

　ノエルは首を傾げた。

　あんな性悪な女はいないだろうと思う。すぐ怒鳴るリンダよりも短気で暴力的だった。

「ノエル。君の姉はずいぶん念入りに猫をかぶっていたようだ。王立学園を退学になったらまずいし、それに周りは貴族だらけだ。怪我でもさせたら退学では済まない。ヴィオネ伯爵家は領地のささやかな産物を売って収入にしている。取り引きを止められたらすぐに息の根が止まってしまう。よくよく言い聞かせられていたんだろう」

　ノエルは、ゼラフィも少しは常識というものを持ってたのね、と思いながらアルノールの話に耳を傾けた。

「だが、ゼラフィに脅されて彼女の課題を代わりにやっていた令嬢が学園に訴えてね。ゼラフィは窮地に立たされているんだ」

「脅迫？　犯罪ですよね！」

　やはりゼラフィに常識などなかったようだ。

「国立学園なら完全に退学だが、王立学園は王妃に配慮して停学で済ませたらしい。おまけに、ノエルに関して嘘八百を流していたことも徐々にわかってきた。ノエルが勘当された本当の理由も知られてきた。ゼラフィは乱暴なので侍女が続かなかった。侍女が辞めても、ヴィオネ伯爵家は次の仕事のための紹介状すら書かなかった。だが、侍女たちがアザだらけなことを職業斡旋所では重く見ていた。ヴィオネ伯爵家が出さなかった紹介状を職業斡旋所が代わりに発行していた。

そういう事実も表沙汰になっている。あのままではサリエル王子の婚約者候補でいられないだろう」

「まだ取りやめじゃないんですか」

そこまで明らかになっているのに、王子妃など務まるわけがない。

「あれほど魔力量が高くて、若くて貴族の令嬢というのはなかなかいない。それで、候補には留めてある。ヴィオネ伯爵家は他にも問題が出てきてるんだ。領民に対する搾取はアンゼルア王国では禁止されている。だが、ヴィオネ伯爵は、税の他に芋などの産物を取り上げていた。おまけに、領地の娘たちに対して性的な接待も強要していた。村長の陳情でわかった。かなり悪質なので取り調べを受けた。ヴィオネ伯爵領には国からの官吏が常駐することになった」

ノエルはあまりのことに言葉もなかった。邸には滅多にいない父だったがそんな犯罪をやっていたとは。浮気どころではなかった。

「爵位の取り上げも検討されたが。恥ずべきことに、こういったことは大なり小なりやっている領主はいてね。我が国はこれまではそこまで厳罰にはしていなかった。それで慣例通りの処罰になった。ただ、罰金と領民らへの賠償金は相当な額だ。領地は、国への抵当という形で取り上げられている。ヴィオネ伯爵が払える資産を持っていなかったからだ。ヴィオネ伯爵家は、今後、領地からの収入を失った。実質的にはヴィオネ伯爵はもう領主ではないな。取り潰しになっていないのは、ヴィオネ伯爵家が潰すには惜しい古い魔導士の家系だからだ。実際、優秀な魔導士の姉妹も生まれている。姉の方は王子妃候補だ。王宮はやむなく生き残らせたわけだ」

「うちの元実家が情けなさすぎます。もう恥ずかしくて」

思わず涙目で俯いた。

「ノエルは関係ないだろう。もう勘当されているしな。父親が根っからクズなだけだ」

アルノールが慰めるようにノエルの髪を撫でた。

「被害にあった領民たちに一物を切り落として詫びるべきだわ。ヴィオネ家はさらに貧しくなるんですね。自業自得だわ。まぁ、ゼラフィが物を壊したりしなくなればやっていけるかも」

ノエルの口から「一物」などという言葉が出てきたことにセオとアルノールは脱力した。

ノエルが考え事をしながらぶつぶつ言っていると、セオが気難しい顔をしている。

「ノエル。死に体の実家のことはもう忘れなさい。自分のことを心配しておいで。ノエルは王笏のことは知ってるか」

「国王の魔力で輝くくらいのことは知っています」

いきなり王笏の話になり、ノエルは目を瞬かせた。

王が手に持つ王笏については教科書に載っていた。

建国の時に預言士によって見つけられた精霊石が使われている。

「まぁ、そうだ。第四王子は魔力量が低い。あの魔力量では王笏が反応するか疑問だ。我が国の王が持つ王笏は、王の魔力を吸い、法事や行事の時に掲げると眩く光る。これは王家の秘密だが。魔力を溜めることも可能だ」

セオが呆気なく暴露した。

「え？　秘密？　今、私、王家の秘密を聞いた気がするんですが」

ノエルがそっとアルノールに視線を移すと、アルノールは気まずそうな困った顔をしている。

「構わん。王笏の手入れに精霊石磨きを頼まれるから知ってるんでな。あれは実は、大規模攻撃魔法にも使える危険物なんで、迂闊な者は手入れができない」

「それ、言っちゃいけないやつじゃないですか……」

　ノエルは血の気が引きそうになった。

「国を守った付与魔導士は知っててもいいだろ」とセオは平気な顔だ。「行事などの時に、国王はあらかじめ王笏に触れて魔力を溜めておくこともできるんだが、そう甘いものではなくてな。素直な王笏ではないんだ。百注いで三くらい溜められれば御の字だ。王笏を輝かせようと頑張っても、うまくはいかないようになってる。歴代の王はそんな面倒なことはしなかった。あの王笏は、王に相応しくない者を選別するためのものなんだよ」

　ノエルはセオの話が思うよりもさらに重要機密であることに気づいた。この国では王笏は単なる導具でも飾りでもなく国の維持そのものに関わるのだ。

「今の国王は、哀れなほどわずかしか王笏を輝かせなかった。国王は年々魔力を失う病にかかっている。おかげで王位を継いだときにはもうそういう有様だった。それでな、稀にだが、国王以外だと、国王と閨《ねや》を共にした王妃の魔力も受け入れられることがわかっている。必ずしもできるとは限らんがな。王妃はサリエル王子を王太子にするのをあきらめていないようでな。サリエル王子のためには、どうしても魔力量の高い婚約者が要るんだろうな。魔獣みたいな性格の娘をまともな令嬢に見せかけるためには妹に悪者になってほしいところだろう。ノエルの正体がバレたら王妃はノエルを婚約者に求めるだろうな。だが、ノエルの関係者はあやつらには話さない。そんなわけで、王妃たちは、主としてヴィオネ伯爵家からの情報しか知らないんだ」

「……はぁ」

ノエルは予想を超える事態に頭が追いつかなくなってきた。

「腹立たしい。相応しくないのだから王太子の座をあきらめれば良いことだ」

アルノールが苛ついている。

「第一王子が王太子になるべきですよね。最初に生まれた王子様が次の王になるって、決まりですよね」

ノエルはつい、自分の考えを述べた。

「そうだな……」

セオが、何か考え込んでいる。

アルノールも、視線を遠くにしている。

「第一王子では、どうしてもダメなんでしょうか」

ノエルは重ねて尋ねた。

「今の領主会議の面子《メンツ》は頭の悪い奴が多いんだよ。国王を筆頭にな」

「……お祖父様、問題発言ですよ」

「おぉ、いいな。そのお祖父様呼び」

「はぐらかさないでくださいよ……」

ノエルは変だと思った。

王妃と第四王子、情報収集がお粗末すぎない？　と。

ノエルのことは、騎士団も宰相や大臣も、研究所も知っている。第三王子のロベール殿下も知っている。

陛下も当然、知っているだろう。

——それなのに、なんで王妃と第四王子は知らないんだろう。王妃は国王の寵愛を受けてるんじゃなかったの？　王宮内は、もしかして幾つかの派閥に分かれていて、情報は派閥ごとに秘匿されてる……とか？

付与魔導士が国内にいることは、当然、国王は知っているはずだ。

ただ、それが誰かは知らされていないのだろうか。

——そういえば、王家は信用を失っているって、ロシェ先生は言ってた。

今の国王も相応しくない王妃を選んだ。

おまけに、相応しくない王太子まで選ぼうという動きがある。

領主会議のメンバーは問題がありそうだ。

話を聞いていると、古い魔導士の伝統を持つ家が少ないのだろう。

だから、国神が選びそうもない王太子を推そうとしている。

——この国……、いつの間にか、あちこち本当にダメになってたんだわ。

◇◇◇

国立学園に近衛の分隊が駆けつけてきたとき。

ノエルは幸いなことに、セオとアルノールと一緒だった。

近衛の分隊長と騎士らが、学園の警護を担当している衛兵の隊長や教務の責任者や副学園長たちと、何やら言い合いをしながらやってきた。

「何事だ」

アルノールがすっくと立ち上がり、分隊長に毅然として応対した。

ロシェ先生、格好いい……と、ノエルは場違いにも見惚れてしまった。

「王妃様からのご命令です。サリエル第四王子殿下の婚約者殿に対して、無礼の数々をされた罪でノエル殿を捕縛させてもらう」

「馬鹿なことを……」

アルノールが呟く。

「お宅らは、どうやら何もわかっておらんようだな。後でクビになりたくなかったら弁《わきま》えたほうがよろしいぞ」

セオも立ち上がり、分隊長を見据えた。

分隊長は、若干、怯んだようだ。

「王妃がそんな権限を持っているのか」

アルノールが冷たい目で睨む。

「一介の学園教師の分際で……」と分隊長が言い始めたところで、副学園長が口を挟んだ。

「分隊長殿。この方に失礼をするのは許されない。そちらは、本当に何も知らずに寄越されたのだな」

いつも穏やかな副学園長の声はいつになく苛立っていた。

「それは……、一体？」

分隊長は、説明を求めるように副学園長を見つめた。

「このお方は、我が学園ではアルノール・ロシェという先祖名を名乗っておられるが、正式なお名前はシリウス・アルノール・ロシェ・アンゼルアだ」

「え……、まさか、第二王子殿下……」

分隊長だけでなく騎士たちもアルノールに視線を移し、すぐさま騎士の礼をした。

「貴殿たちが捕まえようとしているのはノエル・ミシェリー殿だ。ノエル嬢はセオ・ミシェリー教授の子息の養女になられている。セオ・ミシェリー教授はご存じだな？　王宮魔導士の家系の方だ。セオ教授の兄上殿は、ミシェリー公爵閣下だ。我が学園はノエル嬢を保護しているのだ。ノエル嬢の元実家ヴィオネ伯爵家は、王宮内では領地法違反が夥《おびただ》しいために爵位剥奪も検討されている家だ。ノエル嬢は、家では迫害されていた。そんな家から逃れるために、伯爵に義絶状を署名させた。立会人は、宰相閣下の御子息、リンゼイ殿だ。ヴィオネ伯爵家からのデマを真に受けられたのか？　これ以上、失礼なことをするなら王宮側は黙っていないだろう」

副学園長は、懇切丁寧に説明をしてくれた。

分隊長は見ていて気の毒なくらい萎《しお》れてしまった。

「どうせ、きちんとした手続きなどしていないのだろう。こんなことをさせられる近衛の下の者も気の毒とは思うが、宰相に相談を入れるべきだったな。今、王妃は、王宮内では浮いた状況なのは知っているだろう」

アルノールが呆れたように追い討ちをかける。

「近衛隊長は、現在手続きをされておられます。その間、私どもは、肝心のノエル殿が逃げないようにとここに派遣されまして……」

「手続きなどうまくいくものか。違法なのだからな。お前たちは、その際は不手際の責を負わされて終わりだ」

アルノールがため息混じりに告げると、分隊長は自分の立場と行く末を思ったのかさすがに辛そうな様子だ。

「まぁ、手荒なことまではしなかったと証言してやろう。さっさと報告に帰ればいい」

セオがピシリと言い放つと、「はっ。失礼いたしました」と、再度、騎士の礼をして分隊は引き揚げていった。

副学園長たちも暇乞いをして出ていった。

残った三人に重い沈黙が降りる。

「ノエル……」

アルノールがそっとノエルのほうに目をやる。

ノエルは、固まっていた体をようやく緩めて動かした。

「いえ……。少し、わかってたんです。もしかしたらって。それを思わせるようなことが幾つかありましたから」

ノエルは力なくソファに腰を下ろした。

セオとアルノールも、いつもの位置に座る。

「いつから？」

　アルノールが囁くような声で尋ねた。

「ロベール殿下と頻繁にお会いするようになってから。だって、似てらっしゃるんですもの。ジュール殿下が視察された時の新聞記事とかでも。よく似てますでしょ、おふたりとも。ロシェ先生の年齢がジュール殿下と同じと聞いて、まさかとは思ったんですけど」

　アルノールは、俯くノエルの髪を撫でた。

「がっかりしたかな？　騙すつもりはなかったんだけど」

「騙されたなんて思ってないです。ロシェ先生は、ただ言えないことを言わなかっただけなんですから。他のことはなんでも教えてくれましたし。恩人です」

「……一緒に国を出ようって言ったのは、本当だよ」

　アルノールがそう言うと、セオがどこか辛そうな顔をする。

「やはり……、出たいのか？」

　辛そうなままにそう口を挟んだ。

「それはそうですよ」

　アルノールは困ったように答えた。

「殿下が国を捨てたら、国神もこの国を見捨てるだろう」

「ジュールにもそう言われましたが、そんなことはないでしょう」

　アルノールは苦笑して首を振った。

「あの王では、もうダメだろ」

　セオは、くったりとソファに背を預けた。

廊下にまた急ぐ足音がする。

慌ただしいノックののちに返事も待たずにドアが開き、ロベール王子が姿を現した。

「王妃が近衛を寄越したって！」

第一声がそれだった。

その後、セオ教授の研究室では幾らかの混乱があった。

ロベールはノエルを抱えて「ノエルを隠さないと！」と連れていこうとし、アルノールは「ノエルをどこに連れてく気だっ！」と怒り、セオはただただ呆れて「私の部屋でやめろ」と脱力した。

ふたりの王子の争いに巻き込まれるようにしてノエルは王宮に保護された。

◇◇◇

ノエルは今日も豪勢な天蓋付きのベッドで目を覚ます。

一瞬、「ここ、どこだっけ？」と記憶を巡らせ、それからゆっくりと思い出す。

そうだった、ロベール殿下に抱えられるようにして連れてこられたんだ、と。

それから、アルノール・ロシェが、シリウス・アルノール・ロシェ・アンゼルアであることも思い出す。

ノエルは、「ロシェ先生」が「シリウス殿下」だということに慣れなければならない。

――ここに慣れるまでには覚えないと。でも、ロシェ先生でいいわよね……。

ロベール殿下に運ばれたときは、「勝手に私の教え子に触るな！」と苛立った様子のアルノールが追いかけてきて、微妙に修羅場だった。

どこに行くのかと思ったら、王宮だった。

『危ないから』と言うのだが、王妃と第四王子の本拠地である王宮のほうが危ない気がする。

ロベール殿下の宮から出ないように、と言い聞かせられている。

学園を休みにするのが心配だったが、あと十日で夏季休暇という頃だったため、学園側でノエルは特別休暇扱いにしてくれた。

前期と後期の間にある夏季休暇は三週間ほどある。

その間には安全になるから、と王子たちは請け合ってくれた。

早めに受け取った休暇用の課題に取り組んだり、騎士団の注文の品を作っていると一日が過ぎるのが早い。

アルノールが頻繁に来てくれるのが嬉しい。

――頻繁っていうか、ほぼ毎日？

アルノールは、最近とても素敵にしている。

ロベール王子曰く。

「今までは他の王子と似ているのを誤魔化すため野暮ったくしていた」

ノエルは、アルノールを野暮ったいなどと思ったことはない。

学園教師らしく、清潔に見苦しくないようにしていたと思う。

ただ、ノエルが王宮に匿われてアルノールが会いに来るようになってから、確かにすっきりと整髪され衣服も見るからに良いものを選んでいる。

すれ違う侍女がちらりと振り返るほどだ。

——前の野暮ったい先生のほうが良かったわ。前のロシェ先生も野暮ったいとか思ったことなかったけど。

ロベールは研究所の研究員寮で暮らしているという話であまり会わないが、アルノールとはしばしば夕食を一緒にしている。

「よく食べるんだよ」

と、慈愛の笑み付きで見守られると、少しモヤッとする。

『私、もう十六よ』と。これでも結婚できる歳になったのだ。

シックなワンピースを着ても、アルノールの態度は微塵も変わらなかった。

——お化粧はライザに習ったから下手じゃないと思うんだけどな。

いきなり連れてこられたので着替えがなかったので、寮から運んでもらおうと思っていたら恐れ多くもロベール殿下の母上である第二妃が服を何枚もくださった。裾と胸の辺りが余りまくったのが悲しかったが、凄腕の侍女の方が瞬く間にお直しをしてくれた。

髪油と化粧品は王宮内で用意してもらった。

ライザに「化粧を濃くするほど男は逃げるものよ」と言われてたので肌の手入れに力を入れ、お化粧は薄くを心がけている。

髪油の使い方もライザに教わってる。少しの量を手に取り、髪に薄く馴染ませる。

ライザ曰く「髪は女の武器よ」。

——もう、なにがなんだか……。とにかく、ロシェ先生には私の武器は効いてないみたい。

それでも夕食の時間くらいには来てくれる。

退屈はしなくて済むので良いのだが「ロシェ先生、仕事とか大丈夫なのかな」と気になる。

王宮で過ごし始めて八日が過ぎる頃。

ノエルは、小さな中庭を散歩していた。

小さくてもさすが王宮の庭。隅々まで手入れが施され、可愛らしい花壇には色とりどりの花が咲いている。

煉瓦の小道に置かれた錬鉄のベンチは蔓薔薇《つるばら》のデザインで、こんなところまで綺麗なのね、と感心した。

ベンチに腰を下ろしたところで、煉瓦を踏む足音に気づいた。

ここには、滅多に人が来ないはずだった。

振り返ると、嬉しそうに顔を綻ばせたディアンがいた。

なぜこんなところに……と、驚いて固まった。

先に動いたのはディアンだった。

「ノエル。ここにいたんだね」

ディアンは微笑んで歩み寄り、了解もなしに勝手に隣に座った。

「どうしてここに？」

ノエルが尋ねると、ディアンは少し気まずそうにした。

「ノエルが王宮に連れていかれたって学園では噂になってた」

「へぇ」

――まぁ、本当だけどね。

ノエルは胸中で苦笑する。

「近衛の分隊が来て。学園側が追い返したと思ったら、ノエルが明くる日から行方不明だし」

「あぁ、そんな感じに言われてるのね……」

確かにそんな風な経緯ではあったが、実際はさほど危機的な状態ではなかったし、ノエルはずっと守られていた。

「それで、私の父が王宮で仕事をしているときに頼んで入れてもらった」

「……それ、まずいんじゃない？」

「わかってる。父の知り合いの近衛に案内を頼んだんだ。王族の住まう宮のそばまで。ミシェリー教授の名前も使わせてもらった」

「そんな無茶をしたらダメよ、ディアン」

「でも、心配だったんだ。ずっと後悔していた。ノエルが家から勘当されて辛い思いをしていたときに、避けたり無視したこと。謝りたかった」

「謝らなくてもいいわ、もうなんとも思ってないから。気にしないで」

ノエルは、にこりと微笑んだ。

そんなことを気にして犯罪まがいのことをさせたくなかった。

それに、ノエルは虐待されて育ったせいか、あのときディアンに避けられても「人なんて、そういうもの」と心の隅で思っていた。

ショックではあったけれど、納得もしていた。

その分、余計に、変わらず支えてくれたライザがありがたかった。

家柄も、容姿も、なにも関係ない。

誰が信用できるかなど表面からはわからない。

——それでもやっぱり、心配してここまで来てくれたのだとしたら。ちょっと嬉しい、かな……。

出会ってすぐの頃、彼に惹かれていたときのことを思い出して少し切ない。でも、もう、終わったことだ。何年か前だったらもっと嬉しかったかもしれない。今は心は凪《な》いだままだった。

「そう、か……」

ディアンは『なんとも思ってない』というノエルの言葉に密かに落ち込んだ。

自分のことを思っていてほしかった。

気にしていてほしかった。

——自業自得なのにな。

胸が締めつけられる。

「見つからないうちに逃げたほうがいいと思うわ。心配してくれてありがとう。ロベール殿下が、また言いがかりをつけられたら大変だからって連れてきてくれたの。でも、もうそろそろ大丈夫になるみたい」

「どういう風に大丈夫になるんだい？」

「上のほうでうまく調整してくれてるみたいよ。庶民には縁のない話だわ」

「ノエルは庶民じゃないだろ。ミシェリー教授の家の養女になったんだから」

「教授のご子息の養女よ。形式的にはね。でも、私はそもそも落ちぶれた伯爵家の出だし。養父様たちにお任せするしかないもの。あ、正確には、養父様のお父様ね」

ややこしい、とノエルは笑って肩をすくめた。

──ノエルは変わらないな。もしもノエルと結婚できていたら、呑気で楽しかっただろうな。

ディアンの胸が、またチクリと痛む。

「バレないうちにこっそり帰ればいいわ。こっちよ」

ノエルに案内されて元の通路に戻れた。

「また学園でね」

明るく手を振るノエルに、ディアンはなおもなにかを言いかけて言葉を飲み込んだ。

ノエルは第三王子に匿われ、著名な宮廷魔導士の家に養女として引き取られるような令嬢なのだ。ずっと友人でいたのならまだしも、裏切った自分が縋れる立場ではない。

入学式の日、居眠りしたノエルの髪がディアンの腕に触れて、金の巻き毛がたまらなく可愛らしかったことを思い出す。

──あの日に戻れたら、もう決して失敗はしないのにな……。

無理に笑顔を作り、手を振り返して別れた。

◇◇◇

ノエルはディアンと別れ戻ろうと振り返ると、不意に腕を掴まれた。

驚いて身を引きそうになり、いつもの香りに気づいた。

「ロシェ先生」

ノエルは喜んで名を呼んだが、アルノールが険しい顔をしている。

「……彼は、どうしてここに？」

ディアンが見られていたことに気づいた。

「ディアン、ですか。私のことを心配してわざわざ来てくれたみたいです」

「入る許可を取ったのか」

「それは……、取ってなかった、かも」

ノエルは目を泳がせた。

「こんなに防犯に穴があるとは思わなかった」

アルノールはノエルの腕を掴んで歩き出した。

「彼が不審者ではなかったからでは？　高官の子息ですから」

「そうだとしても、だ」

「危ないものも持っていませんでしたし」

「それでも、だ」

「私が、偶然、中庭の端にいたから来やすかったのかも。すぐそこの小さい中庭にいたので」

「どうして、こんな端の場所に？」

ノエルのいた中庭は王族居住区域との狭間のような場所で、だからディアンは来やすかったはずだ。

「えと……。人が少なくて静かで、花も綺麗だったので……」

「いつも第三王子の宮にいてくれ。あるいは、私の部屋のそばに変えよう。ロベールが引きずってきてしまったからそのままにしてたが……」

「また部屋を用意してもらうのは手間でしょうからいいです」

「部屋など幾らでも余分にある！　ったく！」

「……私、来ないほうがよかったですか？」

ノエルが心配そうに見上げると、アルノールは、はっと気づいたように口を結んだ。

「悪かった。あのいつもノエルに絡んでいた学生が来ていたので……つい」

アルノールは気まずそうな顔をした。

「私も、まさかディアンがわざわざ来てくれるなんて思いませんでした。私が勘当されたあと、無視されたり避けられたりするようになって。それきり、友人でもなくなった感じだったので」

「そうなのか？」

アルノールが少し安堵した顔になった。

「ええ。ライザが言ってたんですけど。私が伯爵令嬢でなくなったから、もう興味がないんだろうって。男子がみんなそんな感じだったのは、私のことを嫁とか愛妾候補に考えていたからみたい」

「それで、ミシェリー侯爵家の養女になったから興味が復活したのかい？」

アルノールが苦い顔をする。

セオ・ミシェリー教授は次男だが、その功績で侯爵の爵位を賜っている。

元々は実家の公爵家が持っていた伯爵位を継いだが、それを陞爵《しょうしゃく》してもらったという。

宮廷魔導士のミシェリー一族は昔から有能で、王宮は国に縛りつけるために爵位を大盤振る舞いしていた、という話はアルノールから聞いた。

落ちぶれたヴィオネ伯爵家と比べるのもおこがましいが、あまりにも正反対で優秀な家だ。

「そうかもしれませんが。彼は、後悔してるって謝ってました」

「口ではなんとでも言える」

「まぁ、そうですよね。あまり友人を疑いたくないですけど。ああいうときに本音が出るのかな、とも思ってしまって。でも、クラスメイトだし、不仲ではないほうがいいですよね」

「不仲でいい。不愉快だ。卒業までまだあと少なくとも半年くらいは学園にいることになる。気をつけなさい。愛妾候補だとか、とんでもない！」

アルノールが苛ついた様子なのをノエルは呆気にとられて見た。

「愛妾候補というのは、ライザの推測ですけど……」

「ノエルは自分が可愛いということを自覚したほうがいい。もっと危機感を持ってくれ」

「か、可愛い？　えと……嬉しいですけど。でも、色気はクラス最下位とか言われたんです……」

ノエルは思い出して自分で言ったことに自分で落ち込みかけた。

俯くと薄い身体と細い手が目に入る。

これでもだいぶ丸みがついたのだ。以前の痩せっぽちよりはマシだ。

──胸だって、あるし、少しは、だいぶ小ぶりだけど。

「色気なんて、二十歳にもなれば女なら誰でも出てくる」

「え、そうなんですか。誰でも？」

ノエルは思わず顔を上げた。

「まぁ、普通は……」

アルノールは若干の失言に気づいた。

「ロシェ先生、それって、観察結果ですか？」

ノエルはなんだか胸がもやもやしてきた。

「誤解しないように。あくまで、一般論だ、一般論。私が思うに、好きな相手ができたら誰でも色っぽく見えるものだ。どんな物好きが、どんな相手を見ても」

「たとえが悪すぎな気がしますが、でも、わかりました。いいんです。私、まだこれからですから」

「ノエルはすでに本当に可愛いんだから、安心しなさい。……いや、安心したらダメだ。危機感も持ってくれ」

「はぁ」

「私がいつも一緒にいられるようになるまでは……」

と話し始めてから、不意にアルノールは口をつぐんだ。

ノエルは、一緒に国を出よう、と言ってくれたアルノールの言葉を思い出した。

アルノールはノエルの使わせてもらっている客間まで送ってくれた。

二間続きでソファのある居間もあった。

「ロシェ先生。どうして国を出たかったんですか？　私ならヴィオネ家から離れたいという理由がありますけど。ロシェ先生は、どうして？」

以前から気になっていたことだ。

ただ、尋ねたら悪いような気がして我慢していたが、つい聞いてしまった。

「話さないといけないだろうね、ノエル。私とジュールは、実は双子の兄弟なんだ」

「ぇ？」

ノエルは、また、王家の極秘事項に触れてしまったような気がした。

ふたりはどちらともなくソファに腰を下ろし、アルノールは最初のところから話してくれた。

アルノールたちの母は、従姉妹の侯爵令嬢とともに後宮に入った。

ふたりともあまり気が進まなかった。

国王は王妃に夢中で、どうせ蔑ろにされるのはわかりきっていたからだ。

それでも、後継のいない国の状態は良くないだろうと、仕方なくやってきた。

双子の母はすぐに懐妊した。

母を診た治癒師は「魔力波動をふたり分、感知できました。双子です」と告げた。

その知らせがもたらされると国王が妙なことを言い出した。

「ふたりの側室がそれぞれ懐妊したことにしろ」

国王は「領地の慣習によっては双子を忌み嫌うところがある」などと、納得しにくい理由をあげた。

確かにそういう地方はあるが、国としては双子だからという蔑視はない。

おそらく、自分の寵愛する王妃は全く子ができず、好きでもない側室にすぐに子ができたことに対する憤りや、あるいは、ふたり目の側室とはもう閨を共にしたくないとか、国王なりの本当の理由があったのだろう。

ジュールとアルノールが生まれたとき。

第一王子のアルノールが茶色い髪だと知った国王はまた言い出した。

「茶色い髪の王子が第一王子などと発表することはできない。弟のほうを第一王子とする」

国王のこの発言は、事情を知った周囲の者を落胆させた。王宮は、茶色い髪と瞳に対する偏見をずっと問題視していたのだ。

我が国の者は、基本的に茶色い髪と目をしている。魔力の影響を受けて髪の色と目の色は変わる。ゆえに、魔力持ちは、金や銀や黒の髪や、青や緑などの瞳の色となることが多い。あくまで、〝多い〟だけだ。たとえ魔力が高くても、その影響を受けた結果、やはり茶色のままであることもそう珍しくはない。

それなのに、偏見ゆえに虐待や差別の犠牲となる者も多く、髪を染めて身を守っている者も少なくない。

なにかと社会的に支障のある無駄な偏見をなくそうと、王宮主導で「茶系の髪と目でも高い魔力の者はいる」という事実を広め、近年では知識としては皆、知っている。

今はただ、魔力鑑定が容易に受けられなかった時代の偏見が残っているだけだ。

そういった偏見は根深く染み込んでいるために正すのに時間がかかる。少しずつなくしていこうと良識ある識者たちは考えていた。

だが、国の頂点にある国王が、そんな王宮のこれまでの努力を無に帰すようなことを平然と述べた。

第一王子と第二王子の秘密を知っている者は国の中枢のごくわずかではあるが、国王はこのとき、宰相を初めとする中核をなす者たちから心底見放された。

双子の母は、王の愚かな我が儘を聞いたことをのちに後悔することとなった。

双子が五歳になったとき、魔力鑑定を行った。

ジュールの魔力量は低めの「大」。

アルノールの魔力量は「特大」。滅多に現れない魔力量だった。

国神は、第一王子を国王にするために相応しい魔力量を与えてくれていたのだ。

だが、もう取り返しがつかなかった。側室の産んだ第二王子を王太子にすることはできないだろう。

話を聞き終えたノエルは思わず呟いた。

「国王って、どうしようもないですね」

「そんなことを言っては駄目だよ」

「じゃぁ、胸の内で叫ぶことにします」

「ハハ」

アルノールは、隣に座るノエルの手にそっと触れた。

「ノエル。こんな私だが……。共にいてくれないか」

ノエルはアルノールの言葉に頬を火照《ほて》らせた。

——これって、結婚の……申し込み？

アルノールの目を見ると少し不安そうだ。

ノエルが答えに詰まったからか。

返事はとうに決まっていた。

ノエルはアルノールの手を握り返した。

「はい」

嬉しくて頬が綻んだ。

アルノールもほっとしたように微笑む。

いつもの優しい笑顔だ。

——すごく好き。大好き。

国王がアルノールを拒絶したとしても、国が彼を選ばなかったとしても、ノエルはアルノールを選ぶ。少しの迷いもなかった。

「私、ずっと、ずっと一緒にいます」

アルノールは、ノエルを抱きしめて髪にキスをした。

「愛してるよ、私のノエル」

◇◇◇

学園が夏季休暇に入った日。

ロベールは、セオ・ミシェリー教授の研究室に来ていた。

「兄上は、ノエル嬢と順調に愛を育んでいる……と護衛からの報告です」

ロベールは優雅に茶のカップを傾けながら教授に教えた。

「殿下の護衛はずいぶんご丁寧だな。その報告は要るのかね」

セオが眉間に皺を寄せた。

「もちろん要りますとも。王族にプライベートなんてありませんよ。これで、無事に兄上に足枷《あしかせ》ができましたよ」

ロベールは嬉しそうだ。

「ノエルもこの国に未練などないがな。養父は帝国にいるし」

「縁起でもないことを言わないでください」

秀麗な眉をひそめロベールが嫌そうにする。

「素直に『国王をやってください』と言ってみたら良いのでは？」

「もちろん、言いましたよ。多少は、遠回し気味でしたが」

「それがいかんのでは？」

「ジュール兄上は、素直に頼んでましたよ」

「はぁ……。まぁ、シリウス殿下は、国神の選んだ生粋の後継ですからな。殿下の意思は、国神の意向のままだろう。国神が我が国を見放している、ということかもしれんな」

セオがあきらめたように首を振った。

「だから、それが困るから、なんとかしようとしてるんじゃないですか。まさか、あの可愛い巻き毛の子が足止めになってくれるとは、思いがけない幸運だ」

「ノエルと一緒に、国を出ることしか考えてないんじゃないかな……」

セオが遠い目をする。

「セオ殿。少しは協力してくださいよ！」

「まずは、あの頭の悪い王妃がなんとかならないものかな。陛下は、昨今は、ずいぶん大人しくなられているようですがね」

「体調が悪いのですよ」

「あぁ、そろそろかと思ってましたが。やはり、悪化しましたか」

「歴代の短命な王と同じ症状ですよ。苦しみ悶えて死ぬ病。ようやく気づいたらしいです。不治の病に冒されていることと、その原因に」

「まぁ、手遅れですな」

「えぇ。王妃も道連れですよ」

ロベールは朗らかに微笑んだ。

国王と王妃

近衛隊長が更迭《こうてつ》され、交代した。

以前から「無能だ」と批判され続け、ようやくだ。

数年前から、近衛の騎士に剣術大会参加を義務付けたところ、ほとんどが予選敗退だった。今年もわずかふたりの新入りが二回戦までいけたのが最高だった。

毎年、そんな有様で改善を促されていたが「今の隊長ではダメだろう」とも言われていた。

隊長は王妃の叔父だった。

彼が隊長に選ばれたのは、王妃のゴリ押しを国王が認めたからだ。

王妃の単なる我が儘で、なんら罪のない学生を捕らえようとした隊長は、辺境の雑兵に落とされた。

王妃は国王の私室に呼ばれた。

国王は、安楽椅子にゆったりと座っていた。

王の体調は二十年以上も前からすぐれない。発症は三十年も前だ。

悪くなる一方だった。

「頼むから、もう騒ぎを起こさないでくれ」

国王は力の抜けた声でそう告げた。

「で、ですが、サリエルの婚約者を貶めた娘です」

王妃フロラは、哀れな表情を作り訴えた。

「それは、お前とヴィオネ伯爵家の嘘だ。もう、嘘は要らない。知っているのだ」

「嘘だなんて……」

「これ以上、王宮に迷惑をかけるのなら、さすがに考えがある。私はもうお前の我が儘に耐えられる体ではない。だが、最後の力を使ってすべきことがある。お前に構っていることはできないのだよ」

国王は虚ろな目をしていた。

フロラは、背筋に嫌な汗が流れるのを感じた。

「私を、もう、愛していないんですか」

「フロラ。愛するべきではなかったんだろうな。私は、お前が王妃になりたいというから叶えてしまった。本当は、王の座は弟に譲るべきだった。お前を王妃にして、国神を裏切った。この病はその報いだよ。良い王になって、挽回しようと日々努めた。だが、国神にとって大切なのは、執務をうまくやるだけの王ではない。王太子選びを誤ることはできない。そんなことは許されない。もしも国神が求める王を選ばなければ、私の体は引きちぎられる苦しみを与えられるだろう」

「そんな、そんな残酷なものが神だなんて、間違っていますわ！」

「愚かだな、こんな愚かな者を王妃にしてしまったのだな」

王は苦く笑った。

「陛下……」

　フロラは信じられない思いで夫を見つめた。

「この国は、そういう国だ。嫌なら王妃にならなければ良かったのだ。他の国で王妃にでもなんでもなれば良かったのだ。私は、間違えた」

「ち、違います、間違えてなどいません！」

「お前は、私利私欲の塊だった。そんな望みを叶えるべきではなかった。この国を守り興した先祖を、お前は間違っていると言う。だが、お前がなにをした？　国のために命をかけたか？　綺麗なドレスを欲しがる以上のことをしたのか？　そんなものに、国を守り続けた神を罵る権利があるのか」

「へ、陛下……。私は、ただ……。陛下の愛する王子を後継に……」

「私の愛など、くだらない。ただ、可愛らしい令嬢を妻に求めただけのものだ。そんな愛に、国を託すのか。私が国神の加護を失い、魔力を失うのは当然のことだよ。それが、この病の正体だ。神は、ただ、加護をそっと取り除いただけだ。相応しくないのだから、当たり前だ。お前の実家が不運に見舞われ続けたのも、それだ」

　王妃は実家の不幸を言われ息を呑んだ。王は妃に哀れみを感じはしたが話をやめるつもりはなかった。

「お前は、神を間違っていると言った。だから、神は、加護をやめたのだ。当たり前だろう？　お前は、これから、その不運のままに生きるだろう。どこでもつまずき、不運なところで転び続けるだろう。お前は、国神を罵りながら、国神が守り続けた国の王妃になろうとした報いを受けることになる。私も一緒だ」

王は薄く微笑んだ。

王妃が話を止めようと口を開く前に王の言葉が続いた。

「私たちは、愛を求めた……はずだった。愛だけは残るかもな。だが、それだけだ。国の頂点の座も、権力も、愛が尊いというのなら、求めるべきではなかった。自業自得だよ。相応しくないものを求めれば、報いがある。全ての幸運を失うという報いがな。それがお前の求めたものだ。受け取るがいい」

「そんな……、そんなことはありえないわ。陛下は病で気が弱くなられてるんです。私がなんとかしますわ。治癒師を……」

「不治の病だよ。もう、気にするな。私は病んでいるほうがいいんだ。体が苦しんでいると、気が楽だ。罰を与えてもらえれば死んだのちの地獄が少しはマシだろう。お前は、可哀想だが仕方がない」

国王はそっと目を閉じた、もう話は終わりだという風に。

それから王妃が何を誰に命じても、誰も言うことはなかった。

◇◇◇

もう大丈夫、とロベール王子が知らせてくれたので、ノエルはアルノールとお出かけを始めた。

馬に乗せてもらい、遠乗りをした。

鞍に乗るときと降りるときに、アルノールがひょいっと抱き上げたり抱き下ろしてくれる。

こういう時、小柄で良かったと思う。アルノールはそんなに負担ではないと思う。

大人しく抱き下ろされていると、ぎゅっと抱きしめられる。

——……今のぎゅっは、必要だったのかしら……。

ちょっとわからない。

愛されてるみたいで嬉しい。

ノエルが笑顔になると、アルノールも笑ってくれる。

初めて高台から街を見下ろした。

「あちこちに魔力が溢れているところがあるわ」

特にその魔力が輝くところは畑や水辺だった。

「ノエル。国神の加護が見えるんだな」

アルノールが、どうしてか切なげな顔をする。

「魔力は、加護？」

「そうだよ。本当は、この土地はあまり良くないのだ。この国の土地は。地脈と地形と、大陸の位置などがね。それでも、地主神としては人に住んで欲しかったんだよ。だから、魔導士の多い国となるように魔力を授けた」

アルノールは遠くを見ていた。その目は、彼方の景色よりも遠くを見ているようだった。

三週間の夏季休暇は呆気なく終わった。

夏季休暇が終わると高等部一年も後半に入った。

ノエルとアルノールは正式に婚約者となる手続きをした。

アンゼルア王国では婚姻は十六歳からできる。

今年末、飛び級の卒業試験に挑戦する予定だ。

――本当は予定では二年になってから……と思ってたんだけど。ロシェ先生、邪魔が入る前に逃げよう、とか言うし。

アルノールが勉強を見てくれて卒業試験の過去問題をしてみたところ受かりそうな気がしてきた。

今の段階でギリギリ合格ラインを越えられたのだ。

「卒業して国を出たら永住先で婚姻届を出そう」

アルノールが過去問の答案用紙をチェックしながら嬉しそうに言った。

「もう、今から緊張しそう……」

「まだ三カ月もあるのに合格ラインを越えてるんだから大丈夫だよ。ノエルは記憶力がいいからね」

「記憶倉庫への出し入れは得意なんです」

「脳も身体強化してるのかい……」

アルノールは、国を出る準備を進めている。

ノエルは卒業試験を今年の終わりに受ける申し込みをした。

アルノールは正体がバレてから、ノエルの前でロベールを避けなくなった。

ふたり並ぶと少し似ているのがわかってしまうと思い避けていたらしい。

残念ながら、並ばなくてもバレていた。

ミシェリー教授の研究室では、今日もロベールの持ち込んだ菓子で茶会が開かれていた。

ノエルはアルノールに菓子を「あーん」してもらい、お返しにノエルもアルノールの口元に焼き菓子をせっせと運んだ。

「……姉上、急にイチャイチャするようになりましたね」

「四歳も年上でデカい王子様に、姉上とか言われると変なんですけど」

お菓子をつまんでいたノエルが思わず手を止めた。

「生まれて初めてデカいとか言われましたよ。好きだな、姉上」

「訂正します、背がお高くていらっしゃる」

「デカいでいいよ、デカいで」

「ノエル。ロベールには構わなくていい。ただの弟だ」

アルノールが不機嫌に口を挟んだ。

「……ロベール殿下は話があったんじゃないのか」

「その言い方。冷たいなぁ、兄上」

セオがボソリと呟く。

「そうだ。兄上。国を出るのはやめてください」

「まさか弟に新婚旅行を止められるとは思わなかったな」

アルノールが不機嫌に応えた。

「新婚旅行だったら止めませんよ。なんでアルレス帝国の永住許可の手続きしてるんですかっ！」

「いや、一応、調べただけだ。手続きなどしていないよ。ドルセン王国も調べている。コンドロア共和国が有力候補だな。ノエルと旅行して決めようと思う」

「コンドロア共和国は、いつも珍奇な魔導理論を学会に出してくる国ですよね、楽しみです」

ノエルが嬉しそうに話すと、ロベールが首を振った。

「変人が多いんだよ、やめときなさい！」

「帝国は、逆に、頭の固い者が多くて窮屈らしいぞ」

セオも言い聞かせるが、すでに新婚気分のふたりにはあまり通じなかった。

——まずいな。

本当にふたりは出ていってしまうかもしれない。

魔力が高く稀な能力を持った者は簡単に永住許可をもらえるのだ。

ノエルもアルノールも、ふたりともどの国も諸手をあげて歓迎するだろう。

ロベールは学園から戻ると、もうひとりの兄ジュールに会いに行った。

「そうか。新婚旅行か……」

「シリウス兄上はもうそれきり帰ってこないかもしれない。貴重な付与魔導士のノエルも」

ロベールはジュールに泣きついた。

隣ではたまたま、ジュール王子の執務室に来合わせていた宰相も難しい顔をしていた。

宰相の隣には若い補佐官がいる。

「陛下はようやく目が覚めたらしく、シリウス殿下に王太子になってほしいと言い始めたんですがね」

「遅いんだよ、ボケ親父が！」

ロベールは思わず声を荒らげた。

「二十年以上も苦しんでやっとですからね」

宰相は四年前に前宰相から後を継いだ。

彼の父である前の宰相は苦労し通しだった。

現宰相もまだ中年になる前の歳だが、苦労人の顔をしている。

補佐官は半年ほど前に今の地位についた者で、まだ不慣れなところがある。

ロベールの不敬発言に一瞬、驚いた顔をしたのはこの中では補佐官だけだ。

「三十年近くですよ。陛下は必死に気づかぬふりをしていたようだが、母や叔父上たちは陛下の魔力がダダ下がりしているのを感知していた」

ジュールは淡々と応えた。

「知らぬはあの馬鹿な王妃だけですか」

ロベールが毒を吐いた。

「王妃も無理やり王妃となってから、延々と相応しくないだの、子が生まれないだのと言われ続けてましたがね」

宰相がポツリと呟く。

「当たり前だな。覚悟してしがみついた王妃の座だろうに。サリエルが生まれたあとも、魔力量が低レベルの王子など初めてだと言われていたわけだしな」

「私は、シリウス兄上をあきらめる気はありませんよ」

ロベールがぼやいた。

「領主会議を更生しますか」

宰相はジュールに向き直って尋ねたのち、

「無知な領主どもを少し教育してやればいいだけです」

と続けた。

「領主会議は半年後の予定ですが、前倒ししたほうがよさそうですね」

「国王の体調がだいぶ悪くなってますからするべきでしょう。このまま、陛下が儚くなられても、第一王子が王となるだけですがね。ジュール殿下は、シリウス殿下に王位を譲るつもりなのでしょう？」

「そういう形ではダメなのです。国が愚かな選択をした、という事実は残る。もう国への加護はなくなるし、兄上は手の届かないところに行くでしょう。兄上の行動は、神の幸運が後押ししてしまう。国を出ると決めてしまったら、もう誰にも止められない」

「……そうなりますか」

宰相が考え込んでいるそばで、補佐官は動揺した様子だった。

ロベールが若い補佐官を横目で見た。

「なにか疑問があるのなら、言っておいたほうがいいぞ」

「いえ、あの、疑問ではあるのですが。シリウス殿下は、国を救うおつもりはないのですか」

若い補佐官には理解ができなかった。

「補佐官。君の前任者は理解されていましたがね。間近で見ていたわけですから。私は、兄上と双子で生まれてしまったために、国神の加護が見える。兄上には重すぎる加護がついている。兄上の行動はそれに左右されていると思えば良い。人と同じと思うのは間違いだ。生まれたての赤ん坊のときに、国神の選択を否定されたのです。本当は、王太子となる定めだった。それがねじ曲げられた。愚かなのは王だけではなかった。あの王妃を認めてしまった王室管理室も、王の暴走を止められなかった先の王や時の宰相も、すべてを含めてこの国というものだった」

　補佐官は王子の言葉に息を呑んだ。国神に見放されるのは王だけではないということを甘く見ていたと気づいた。

「ずっと、王家は腐敗していた。だから、国王だけでなく王族の教育が誤っていた。建国のさい、そうなったときは、国神は国を見捨てると契約した。加護をなくすと、そういう約束だった。もう、とっくに加護を取りやめているはずだったんです。もっとこの国は傾いて潰れているはずだった。国神は、様子見をしていた。一応、稀な魔導士を王太子候補として与えてくれた。だが、それを否定するのなら、もうお終いだと決めていた。兄上は、国神がお終いと決めたのなら、引導を渡す役目を果たすだけです。只《ただ》の人ではないんです。国の運命を見て、使命を果たすための存在ですよ。あなたが兄上に何かを求めるのは間違っている。もう間違いは許されない。覚悟を決めて行動してください、補佐官。兄上には求めてはならない。兄上が国王となられるべき座を整えて、ただお座りくださいと差し出せなければならない。この国は、崖っぷちなんです」

「わかりました。申し訳ありません。覚悟が足りてなかったようです。ジュール殿下」

「いえ。私は、泥船はごめんなだけです」

◇◇◇

ノエルは後期の試験が終わると申し込んでおいた飛び級のための卒業試験を受けた。

どこの学園でもそうだが、年度末の試験は学生たちの救済の期間——補講や追試を行い、学生を留年や浪人から救ってやる期間——を取るために早めに行う。

国立学園の学園長は、宰相補佐官から「なるべく遅くやってほしい」と要請があったときにこれをはね除けた。

さらに、「一年の卒業試験受験者にゆっくり学園で学ぶよう忠言してほしい」などとも言われたがこれも断った。

あげく、宰相の補佐官が密かにやってきて相談を受けた。

事情は理解したが、学園長は例年より高等部二年と三年で学ぶ内容を増やすだけにとどめた。

それが公平な教育者としてのギリギリだろう。

ノエルは天才ではない。努力家だ。

他の令嬢が、茶会や夜会や街歩きやデートをしている間も地道に勉強していた。

学内でもその「ガリ勉」な態度は有名だった。

そんな学生の意志を最優先するのが教育者というものだろう。

ノエルは文句の付けようがない点数で受かった。

あとは、年度末休暇前の授業を受けるだけだ。

新婚旅行を楽しみにしていた二人だが、ここでなぜか問題が起こった。

「ノエルの旅券の発行をなぜ止めてるのかな、ロベール」

いつもの研究室でアルノールが問い質した。

「いえ、私は何も。宰相ではないですか？　ノエルが消えてしまったら、騎士団が困りますからね。それにあの冷えるカップも」

「魔導具でノエルのカップは再現してやっただろう」

「魔導具特有の魔石が付いていないスマートなデザインがきっと受けてるんですよ」

「我が儘な。だが、そういう理由ではないだろう。私たちを逃したくないとでも思っているのか。いざとなったら、旅券など要らないのだからな」

「兄をお尋ね者にしたくないので、それはやめてください。少しだけ待ってくれればいいんです。領主会議が終わるまでだけ」

「暮れまで待てというのか？」

アルノールが睨んだ。

「いえ、今年度の領主会議はずっと早めましたから。ひと月は早く行われます。陛下の容体が思わしくないですからね」

「……詳しいな」

「兄上が無関心すぎるんですよ」

「領主たちがさぞ文句を言っただろう。まさか、冬季の行事までも早めるわけじゃないんだろう」

「当然です。暮れが早まるわけじゃないですからね。ですが、本当に忙しい領主などわずかですよ。まだ魔獣が出る気候だからと参加を渋った領地には騎士団を派遣したんです。この度の領主会議は代理は許さないし参加しなかったら領主会議のメンバーから外すと、厳しいお達しがありましたから」

「へぇ。領主会議のメンバーが減りそうだな」

「いえ。全員、領主本人が参加すると返事が届いているそうです。道中、盗賊が出そうなところにも騎士団が向かいましたから問題ないでしょう」

「ずいぶん熱心だな、王宮は」

「兄上も熱心になってください」

「私は無関係だろう」

「渦中の人に決まってます！」

「あの愚王と愚妃が地獄に落ちてジュールの代になったら、少しは手を貸そう。だが、サリエルなら、国が潰れて消えるのを遠くから見守っているよ」

「私が継いだら？」

ロベールは少し興味を引かれて訊いてみた。

「お前はどうせ、逃げるだろう？　物心ついた頃からそう言っていたじゃないか」

「あぁ。覚えてくれたんですね。まぁ、そうです。私は魔導にしか興味がないですから」

ノエルはふたりの会話をセオと並んでお茶を味わいながら聞いていた。

ロベールの母の話も前に聞いて知っている。

ノエルが服のお礼に土魔法の「滋養」を付与した白磁の植木鉢を贈ったときに教えてくれた。第二妃はバラを育てるのが趣味と知り植木鉢を選んだ。

ロベールの母は、国王が好きだった。

第二妃の打診が来たときに、喜んで王宮に上がった。

ただ、財務大臣の父は難色を示していた。国王が王妃に夢中なのを知っていたからだ。

それに、彼は財務大臣だけあって「魔導士の伝統」を情報として知っていた。

大臣は、娘にはよく言い聞かせていた。

第二妃は五年間、子が生まれなかったことで、自分は妃になるべきではなかったと悟った。

国王の態度も酷かった。

ゆえに、ロベールが王になりたくないと言えばそれをあっさりと認めた。

「領主たちにノエルを紹介したいんですよ」

「タヌキどもにノエルを見せるというのか」

「見せ物にするみたいに言わないでください。紹介ですよ、紹介。会議前には、領主たちには契約魔法で誓わせて、ノエルの秘密は守らせるようにします。騎士団長も同席しますから大丈夫です。団長は全力で庇いますから。もちろん、宰相も……」

「断る。領主会議の連中など、愚か者の集まりではないか」

「え？　そうなんですか」

ノエルは思わず心の声を漏らしてしまった。

「払っている税金の額で領主会議のメンバーを決めるようになってから、金はあっても良心と知性はないような領主が数を占めるようになったのだ。以前は、孤児院や治癒院や救護院への貢献度も条件に入っていたというのに」

　アルノールは苦い顔をした。

「今度の会議ではその条件も復活させますよ」

「どうせ、連中が反対して潰れるだろう。今までもそうだった」

「いいえ、今度はそうはならないと思いますよ」

　ロベールは昏《くら》い瞳で笑った。

　それでも、アルノールは「でも、ノエルは行かせない」とはね除けた。

◇◇◇

「ねぇ、ロベール殿下、ここ、私が来ちゃいけないところでしょう？」

「弟なんだから、ロベールって呼べって言ったでしょ。姉上」

　ノエルは「旅券を特別に発行してあげるから」と王宮の奥へと連れてこられていた。

　てっきり、法務部とかに行くのだと思ったら、大会議場控室だった。

　そんな表示はないが、領主会議が行われる今日、宰相や騎士団長がのんびりしている部屋と言ったらそうだろう。

　――のんびりしているのは団長さんだけで、宰相は補佐官みたいな人と打ち合わせしてるみたいだけど。

　この控室はあとは副団長と文官が数人いて、他の領主たちは別の部屋らしい。

「ほら、ノエルお嬢ちゃん、この茶菓子、美味しいよ」

　副団長がいそいそと面倒を見てくれる。

「ありがとうございます」

　――副団長、いつ見ても、カッコいい……。って、違うって。今、それどころじゃないんだけど。

　団長は厳つすぎて人外という感じで、副団長は相変わらずすらりとした男前だ。

　団長は剣術大会に出れば必ず優勝していた凄腕と聞いたが、ノエルは笑顔しか見たことがないので怖くない。

　――これは、アレね。ロシェ先生がずっと断ってた「領主どもに付与魔導士を紹介する」っていう流れね。

　アルノールは頑なに断っていたが、ノエルは宰相やセオにも頼まれたので紹介されてもいいかと思い始めていた。

　領主たちには契約魔法で、今回の領主会議の内容は極秘と約束させると言っていた。

　普段もそういう規約で領主会議は行われているが、慣れたメンバーは認識が緩い。

　会議内容が漏れることも多々あったらしい。

　ゆえに今回は、元から「極秘事項の情報開示があるため、契約魔法を使わせてもらう」と知らせてあった。

　今もどこかの控え室でその手続きが行われているはずだ。

いよいよ時間となったらしい。

ノエルは美味しい茶菓子とお茶ですっかり懐柔され、副団長のエスコートで壮麗な大会議室へといざな誘われた。

丈高い両扉は護衛の騎士の手で開かれていた。

歴史を感じる厳かな部屋だ。

室内の席はすでに埋まり、そこかしこで話し声が囁かれていたが、入った途端、ノエルに視線が集まってしまった。

場違い感がすごい。

皆、たいそう立派な領主様ばかりだ。

小柄で痩せ型の人や女性の領主も中には混じっているが、ノエルよりもずっと年上だ。

領主会議の議長は、見覚えのある容姿をしている。

ルカ・ミシェリー公爵はセオ・ミシェリーの兄だ。ゆえに少し似ている。

兄のルカが当主を務める公爵家には、現国王の姉上が嫁いでいる。

「それでは始める。契約魔法の手続きは済んでいるな」

ルカが入り口で控える文官に視線を走らせると、文官は頷いて答えた。

「今日の議題に入る前に、この度の会議では非常に重要な情報を伝えなければならない。王太子を選ぶ前に必要な情報だ。古い魔導士の家系の領主なら知っていることだが、今現在の議員には知らない者が多い。資料を配る」

ルカの言葉にすぐさま文官たちが動いた。

領主らは配られた資料に視線を落とした。

「その資料には、国の暗黒時代の記録が記されている。すでに知らない世代が大半なので配らせた。ちなみに、資料の数字や文言は真実であることを確かめてある。魔導士を奴隷として富を蓄えようとした領主たちの末路と、それに加担した王族の最後だ」

ノエルは、なぜか自分にも配られた資料を見た。

学園でも近代史の中で学ぶことだ。だが、目の前の資料にはさらに詳しく載っていた。

備考一覧表には数字や日付も記されている。

説明担当らしき文官が読み上げた。

『魔導士四名を違法な契約で縛り、奴隷としていた領主。

バーント伯爵家の場合。

違法行為を始めてから、領地において、魔獣の被害が４倍に激増。

大雨などの天災が例年の六割増しとなる。

土砂災害は倍増。

空き家の増えた領地に盗賊が隠れ住むようになる。

領主夫人と嫡男が病死。

次男が事故死。

領主の持病が悪化。

領主家が全員死亡のため断絶。

次の例。

アドス侯爵家の場合。
アドス家の美貌の娘は、時の王太子の婚約者として選ばれていた。
アドス家は、五名の魔導士を騙し借金奴隷とした。
そういった訴えは王宮に出されていたが、王家はこれを無視。
令嬢は王太子と婚姻を結ぶ。
アドス家では、魔導士を違法に軟禁してから、領地に雨が一切降らなくなる。
疫病が蔓延。
夫人と子息らが感染して死亡。
王宮がアドス家の救済に乗り出す。
国王と王太子が、不治の病にかかる。
体内の魔力が減少していく病で、心臓を千切られるような激痛に苛《さいな》まれる。
アドス家の全員が死亡。後を継ごうとした領主の弟が体の爛《ただ》れる疫病により死亡。
アドス家の断絶。
アドス家から嫁いでいた王太子妃は五年間懐妊せず、浮気が露見されたのち事故死。
次、ヨステル家の場合。
魔導士四人を欺し、借金奴隷とする。
その日から地盤沈下とムカデ型魔獣の激増で、領地の収穫が一切できなくなる。
繰り返し豪雨にさらされ、領地中の橋が流される。
領主家の子息らが事故死、令嬢が病死。

領主夫人が自殺。

領主がムカデ魔獣に半身を喰われる。

領主家が全滅のため断絶。

次、ガーネス家の場合……』

壮絶な家々の末路が読み上げられた。

その頃の王族には拷問のような苦しみを伴う不治の病が流行った。

感染症ではないが、流行ったとしか言いようがないくらいに多かった。

領主らは、息遣いも静まるほどに無言だった。

ただ文官の声だけが聞こえる。

ノエルも驚いていた。

授業では習っていたが、こんなに詳しくも悲惨でもなかった。

資料を読み終えると文官は下がった。

ルカがまた渋い声をあげる。

「魔導士の家系では言い伝えがある。我が国は魔導士が民と領土を守り作った国だ。千六百二十二年前、ひとりの魔導士を国王と定めアンゼルア王国となった。そこに至るまでに夥しい数の魔導士が殉職した。国を守った魔導士らに国神の加護が降り注がれた。預言士が精霊石を見つけた。王笏に使われている石だ。国神はこの国は魔導士の国だ、と預言士に伝えた。国神は国を守った魔導士らとともにあろうと。アンゼルア王国がその成り立ちなりの国であり続ける限り、加護を与えると。そうでなければ、国神の加護を失う」

議長の言葉に議員らがざわめいた。

ざわめいたのは、魔導士の家系でない領主らだ。

「そんな馬鹿な。それは呪いだ、犯人はいるはずだ！　大方、捕まっていた魔導士が呪ったのだろう」

ひとりの領主が叫んだ。

「貴様は、人の話を聞いたのか。魔導士たちは何年も奴隷扱いだったと言っただろうが。呪えるくらいなら逃げるわ、アホめ」

ルカが一喝し、領主は額に汗を光らせた。

「し、しかし、今の話では、まるで加護というより呪いではないか」

「なるほど、国神の加護を呪いと言ったな。貴殿」

魔導士であり歴史家でもあるルカは、いつもなら愚かな領主をそのままサンプルとして「加護なし」の末路に追いやるところだ。

――だが、まぁ、頼まれたからな。こやつも更生させねばならぬのか。腹立たしい。

宰相とジュール王子に頼まれて、領主の即席教育を受け持つ羽目になったが、ルカ自身は国が潰れるのもやむを得ないと考えていた。

魔導士や研究者の多くは、政治的な能力に欠ける。

おかげで、かつての魔導士たちも、悪辣な領主らにはめられた。

国神は、そういう魔導士の味方らしい。

わかっているのは、言うなれば状況証拠だけだ。

「では、貴殿は呪いだというのなら、呪いの定義を知っているのだな」

「定義？」

「定義の意味も知らないのか？」

　ルカが眉をひそめた。

「定義の意味は知っている！」

「そうか。だが、一応、おさらいさせてやろう。呪いとは、何らかの呪術的なもので悪運や災害が与えられた現象だ。つまり、『与えられなければならない』のだ。呪い、というものをな。呪いが与えられるからには、その痕跡は必ずある。そうでなければ、災害や病のような強い現象を引き起こせない。それはわかるな？」

「わ、わかるとも！」

「特に災害は、非常に強い力が働いている。そんな強い呪いであれば、呪われた何らかのモノや、魔力の籠もった何らかの痕跡……痣や暗示も含めて、何かが残っている。悪運に見舞われた領主らは、それを血眼になって探した。貴殿のように考えた者も多かったのでな。だが、なにも見つからなかった。なにもなく、ただ彼らは不運の連続で哀れに死んでいった。ただ単に、不運だった」

　ルカは領主たちが理解しているかを確かめるように視線を巡らせた。会議室は静まりかえり、誰もが目を見開いて耳を澄ませていた。

「ところで、領主らと同じく死んでいった者たちがいた。王族たちだ。激痛とともに死んだ。魔力を失ってな。治癒も薬も、なにひとつ効かなかった。痛みを和らげることすらできなかった。

ただひたすら魔力が消えていった。魔力は、人知を越えた力であり神の賜物だ。加護が消えれば魔力も消える。さて、他にどんな理由が考えられる？　何も考えられないので、『加護が消えたのだろう』と時の治癒師や魔導士は結論した。調べに調べてそう辿り着いた。貴殿はどう思うかね？」

「ただの、病、では……ない、のですね」

呟くように、問われた領主は答えた。

「調べ尽くしたと言っただろうが！　考えろ。ただ文句をつけるだけなら赤子でもできる！　領主のくせに、考えて発言することすらできんのかっ！」

ルカは実は、かなり短気だった。

だが、考えなしに発言した領主も愚かだった。

領主は、ようやく「発言は取り消す」と蚊の鳴くような声で答えた。

「時間の浪費があったが先に進む。この国はあまり条件の良い国ではない。皆が知っている通りだ。戦時には兵糧の調達にも苦労した。水は魔導士が生成した。なにもかも、魔導士頼りだった。国神は、国を造り上げた魔導士にそれなりの思い入れがあった。国神はこの地に住まう者に加護と魔力を与えた。何らかの理由でそれらを失うとしたら、その結果は自分で責任を持たなくてはならない。災害も、病も、不運な事故も、全部、自分で背負えばいい。それだけの話だ。そこまではよろしいな」

とルカは言葉では確認を入れたが、言葉を挟むのは許さない雰囲気だった。

もとより、誰もなにも言えなかった。

「では、次だ。我が国は傾いていく一方だった。顕著になったのは五十年くらいも前からだ。魔導士への搾取が始まり、魔導士が激減したために国が対策に乗り出したが遅かった。まず、王家が腐敗していた。酷いときは悪事の家から王妃を娶ったくらいだ。教育がなされていなかった。知るべきことを知らない者が、王太子や王となり、短命となった。まぁ、当然の報いだ。今現在の王が魔力を失う病で苦しみ死んでいく途上なのはご存じだな。王が病み始めたのは妃を娶ってからだ。あの知能の低い王妃だ」

　ルカは言葉を切り苛立たしげに首を振った。

　王妃が退けられたことはすでに知られていた。

「あんな者を王妃にするのなら、王弟殿下に王位を譲るべきだった。おかげで、まもなく亡くなられるところだ。王妃の実家が潰れたのもご存じだな？　皆、死んでしまった。最後に生き残っていた王妃の叔父も辺境の雑兵になられてな。来年くらいには、彼の葬儀が行われるかもしれん。さて、この場の領主らが無事に長生きをしてくれるように、もう一つ情報を見てもらおう」

　とルカは資料を手に取った。

　領主たちもつられるように配られた資料に目を落とす。

「この資料は短いものだ。簡単に読めるだろう。五十年ほど前に悪事の貴族家と繋がった王太子がいた。本当は、第二王子だったのだがな。デマを流し、第一王子を貶め、王太子に選ばれた。魔力が消える病で三十年ほど苦しんで死んだ王太子だ。その時の領主会議のメンバーには、第二王子派から金が流れた。賄賂をもらったものが多数いた。彼らは全員、同じ病で二十年ほど苦しんで死んだ。二十年で済んだのは、王太子よりも魔力が少なかったおかげだ。心臓や内臓が引き裂かれるような激痛と闘いながら二十年だ」

その噂は、領主らは聞いて知っていた。

予告なしにやってくる波状攻撃のような痛みの発作は、錆びたナイフで身体を刻まれるような激痛でありながら気絶することもできないという。

そんな痛みが二十年も続くとは国神様も酷なことをする。

「国神の逆鱗に触れる最もはっきりとした原因を教えておこう――王太子選びだ。誤った選び方をしてはならない。それから王太子は、嫁には国神が認めるような令嬢を選ばなければならない。とてもわかりやすい。今の王妃を認めた王室管理室の室長も魔力が消える病で死んでいる。今回の王太子選びもその覚悟を持って、票を投じるように。決して、過ちは許されない。無知で選ばれても困るので情報を開示してやったのだ。覚悟しろよ、わかったな」

ルカはじろりと領主らを睨んだのち、口調を変えた。

「さて、ここで、副団長の隣におられる少女をご紹介しよう」

重たい雰囲気の中、ルカにいきなり指名されてノエルはピシリと固まった。

なにもこのタイミングで、と恨めしく思いながら貴族令嬢らしく社交用の笑顔を作った。

「ノエル・ミシェリー嬢だ。彼女は不運にもあのヴィオネ伯爵家に生まれてしまったが、私の甥ジル・ミシェリーが保護した。ヴィオネ伯爵家は家長が領地法違反に問われ罰金刑に処せられた伯爵家だ。ああ、それから、次女のノエル嬢への養育放棄でも訴追された。治癒師の証言で、ノエル嬢が傷害事件の被害者であることもわかっている。炎撃を受けた痕が背中に幾つもあったと記録されている。姉ゼラフィが加害者だ」

ルカは重低音の声で告げ、最後の言葉に会議室にいた第四王子サリエル殿下に視線が集まった。

彼の婚約者がゼラフィ・ヴィオネであることは知られている。

ゼラフィが、下位貴族の令嬢を脅して自分の課題をやらせていたことは王立学園の学生たちにすでに広まっていた。

「ノエル嬢には、稀な魔法の能力がある。付与魔法だ。彼女は付与魔導士なのだ。今年、西のガルダの森では、魔獣の増え方が尋常ではなく苦戦を強いられた。だが、その際、付与魔法が施された武器が騎士らを助けた。我が国は魔導士が少ない。そのかわり騎士たちは、きつい鍛錬を繰り返し、剣術の腕を上げていた。そこに炎が付与されたレイピアがもたらされた。おかげで、騎士の死傷率は大きく下がった。前衛のためには、結界が付与された革鎧が配られた。雷が付与された投擲《とうてき》用ナイフは、非常に殺傷能力が高かった。投擲の腕の良い騎士が使えば鬼に金棒だ。ノエル嬢は、救世主だったのだ。生家のヴィオネ伯爵家はクズだったがな」

ルカの毒舌でサリエルは余計に視線を俯けた。

ノエルはそこまで堂々と言われると身の置き場に困った。

褒められたのか、ただの報告かわからなくなる。

「ノエル嬢には婚約者がいるので、嫁にしようとは考えないように」

ルカがぴしりと釘を刺し、幾人かの領主は明らかに残念そうな顔になった。

「お相手は、シリウス・アルノール・ロシェ・アンゼルア殿下だ」

ルカはおもむろに告げ、大会議場がざわめいた。

「では、次に移る。国王の懺悔だ。公開するようにと頼まれたので話す。二十四年ほど前。ふたりの側室が後宮で身籠もった。ただ、それは真実ではない。身籠もったのはひとりだ。双子だった。国王は双子であることを隠せと命じた」

ルカの言葉に大会議室は再度ざわめく。

「国王はさらに理由も語っている。もう側室と閨を共にしたくなかった。それから、側室や側室が生んだ子供にも何ら興味もなかった。どうとでもなればいい、と双子はふたりの側室がそれぞれ生んだことにさせた」

何とも胸糞の悪い話に沈黙が降りた。

ノエルも腹立たしさについ眉間に皺が寄った。

「さらに、生まれた第一王子が茶色い髪をしていたと報告を受けた王は、兄と弟を取り替えろと命じた」

もはや、響めきもなかった。

「ふたりの王子が五歳のとき、魔力量が鑑定された。その結果、ジュール殿下は、少々、中に近い『大』。シリウス殿下は『特大』だった。ちなみに、わかっている限りでは、世界的に見ても『特大』ランクはシリウス殿ひとりだ。国王は、自分の過ちに気づき始めたが、もう後には引けなかった。国王の病はじわじわと進行している。まだ生きているのは、国王の魔力量がジュール殿下と同じくらいに高かったからだな」

ルカは長い前置きを話し終えると「では、王太子選びをするか」と軽い口調で述べた。

「私の魔力量も一応、発表しておいてくれ、ルカ殿。『中』だ。若干、『大』よりの中な。それから、祖父と母は、私が国王になるのは反対している。長生きしたいからな。わかったな」

ロベールがにこやかに領主会議の面々に視線を巡らせる。

その時、会議室のドアがノックされ、文官がルカに何かを耳打ちした。

それまで、黙っていたジュール王子が立ち上がる。

「来られたようだ」

そう呟く。

――誰が？

と、誰もが思った。

ノエルは、ほのかに感じられる魔力波動でもうわかっていた。

ドアが乱暴に開かれた。

腹をたてた様子のアルノールが会議室に姿を現した。

誰も何も言わない……言えない。

「なぜノエルを勝手に連れてきた！」

アルノールが怒りの低音で恫喝した。

「当然でしょう。逃げられたら困りますから。コンドロア共和国に永住されるなんて、許せるはずがないでしょう。しかも、夫婦揃って」

ジュールの言葉に領主会議の面々が目を見開いた。

「付与魔法の品々は格安で卸してやると言っているだろう！」

「私は、兄上が王をしてくれないのなら、国を出ますよ」

ジュールの爆弾発言に、さすがに領主らの視線が動く。

「何を言う！　お前が王の認めた第一王子だ」

「あの王が認めたと言われて私が喜ぶとでも？　ひどい侮辱だ。この国が、加護なしでやってけると思ってるのですか？　七年前、王妃の嫌がらせに嫌気がさして兄上が留学してる間、魔獣と天災がどれだけ増えたと思ってるんです？　どれだけ大変だったか」

領主らは「そうだったのか」と悟った。

七年前の大災害でひどい目に遭わなかった領主などひとりもいない。

度重なる災害が最も増えたのが七年前だが、その前後も国難が続いた。

王妃のせいだったのか、と領主らは拳を握った。

「知ったことか。原因を作ったのはそちらだろう」

「愚かな王と王妃の尻拭いを、罪もない国民と騎士らに負わせるのですか」

「その王と王妃を選んだのは国の中枢だ。責任を取ればいい。いつも、何ら苦しみもなく許されているから変わらない。もう国神はそう結論したのだ」

「いえ、まだです」

ジュールは、手にしていた王笏をいきなり、アルノールに投げるように寄越した。

アルノールは、咄嗟に王笏を掴んだ。

途端に、王笏がまるで陽の光を集めたかのように眩く光った。

小さな太陽が出現したようだった。

その光には熱はなく目を焼く鋭さもない光ではあったが、明らかに、加護の光、祝福の光だった。

魔導士たちは、皆、伝統の魔導士の礼をし、他の領主らは平伏した。

アルノールの願い虚しく、領主会議は満場一致でアルノールを王太子に選んだ。

◇◇◇

アルノールが王太子と決まった翌日。

王都に号外が配られた。

見出しには「王太子決まる」「国神の望んだ王が選ばれる」という大活字が躍る。

領主会議の内容は、極秘のはずだったのに、

「シリウス殿下の立太子がうまくいったから、国中に発表する」

と、宰相の鶴の一声で、新聞一面に載せられた。

国の機密に関わりそうなところはぼやかしたが、国王の愚行は残らず暴露されていた。

ノエルの付与魔法は、国の戦力に関わるのでぼやかし案件だ。

号外が配られた数日後。

王立学園で死傷事件が起こった。

サリエルが王太子になれないと知ったゼラフィが激昂し、クラスメイトに炎撃を放った。

サリエル王子はその場に居合わせた。

ゼラフィは王太子妃になれなかったことを揶揄われ、激怒し暴走した。

サリエル王子は、令嬢たちを守ろうと立ちはだかり、結界を張った。

彼は土魔法が強いらしく、結界はかなり得意だった。

だが、それ以上にゼラフィの炎撃の威力は強かった。

結界からわずかに離れていた令嬢が焼けて即死。

サリエルも重度の火傷で重体。止めようとした護衛の騎士が重傷。

死に瀕したが治癒師の治癒でなんとか回復した。腕の良い治癒師がアルノールであることは極秘だ。

他の令嬢たちはサリエルが捨て身で庇ったために軽傷で済んだ。

ゼラフィと両親は鉱山に送られることになった。

本当は処刑のはずが、被害者の両親が「すぐに楽に死ねる処刑など認めない。生涯、鉱山で働かせたい」と希望したのが叶ったためだ。

賠償金を一生かけて働いて返済する。

ヴィオネ伯爵家は、一度、お取り潰しになった。

「一度、お取り潰し」というのは、サリエル王子が継いですぐに復活したからだ。

◇◇◇

——予定と違いすぎる……。

ノエルは着付けをしてもらいながら、心中は複雑だった。正直、項垂れたい気分だ。

一面に薔薇の刺繍が施された純白の絹の衣装が用意され、ノエルの巻き毛は腕の良い侍女たちが綺麗にアップに結いあげてくれた。

胸元は寄せて上げる技で一割り増しくらい豊かに見える。

あの衝撃的な領主会議からひと月が過ぎた。

今日はこれから婚礼だ。

通常は、王族の婚礼は婚約を一年過ぎてからだが、アルノールが「婚礼は私たちの予定通りにやる」と宣言したために行われる。

問題は、国王陛下が重い病床にあることだった。

アルノールは「王の容体など、知ったことではない」と言う。心情的にはそうでも、慣例的に国王が病床の間は祝い事はしない。

とはいえ、国王の病は長く、治癒師が「この状態がどれだけ続くかわからない」と述べたことで、「もう、王太子の望む通りにしよう」と決まった。

それでもやはり派手な事はせず国教での儀式のみで、パレードと宴会は延期となった。

予定とはだいぶ違うが、新婚旅行に行こうと決めていた日にふたりは結婚した。

叶うことのなかったその日に夫婦にはなれた。

仕方がなかった。

気楽で楽しい新婚旅行はなくなった。

ノエルは想いを馳《は》せる。

ふたりで旅程を考えた。

アルノールが留学していたアルレス帝国で観光する予定だった。

コンドロア共和国では、家を借りてしばらく住んでみようと話していた。

ノエルは、緑の屋根に白漆喰と赤煉瓦の家がいいな、とアルノールに話した。

ふたりの計画は消えてしまった。

――でも、騎士団の魔獣の討伐がエグいことになったり、領民たちが災害や疫病の被害に遭ったりするのは嫌だしね。

我慢は慣れている。

アルノールは国王になる気は毛頭なかったが、王笏に選ばれた上に、領主会議で満場一致で決まったのに振り払って逃げることはできなかったらしい。

ノエルは、ジュールから、

「兄は、国神の加護がとても篤いのでその影響を強く受けるんですよ、それこそ本人の意思よりも強いくらいに」

と聞いていた。幸か不幸か、普段は忘れているという。なにもかもに枠がかかっているわけでもない。

それに、アルノール自身の望みと国神の望みはいつも一致していた。だからなにも気にする必要はなかった。

国を出ることも、国神がそれを望み、アルノール本人も出たかったので亡命は決定だった。

それが覆ることになったのは、やはり国神がこの国を許したからだろう、とジュールは言っていた。

愚かな国王は、国神に見捨てられていた。

愚かな国王を選んだ国自体も、見捨てられようとしていた。

ぎりぎりで回避したのは、他の王子たちや宰相たちのおかげ……ということになっている。

けれどノエルは思うのだ。

――神様は、この瘴気の森が点在し魔獣がいるこの地に、それでも人が住んでほしくて加護を与えてくれたのよね。できれば、国になくなってほしくなくて。

なにをもって国と言うんだろう。

国がなくなったら、真っ先に消えていく命は偉い人たちじゃない。魔の森そばの狩人たちや村人たちは瞬く間に命を散らし、騎士たちは国を護る盾となる。アルノールは治癒をして助けていた騎士たちを本当は見捨てたくなかっただろう。

アルノールはきっと国神に懇願されたのだ、とノエルは思っている。

――これで、良かったのよ。

儀式が終わったのち、アルノールとノエルは王宮のバルコニーで集まった民衆に挨拶をした。

新聞の一面にデカデカと経緯が載ったおかげで、国中から人が集まっていた。

見渡す限り、人で埋まっていた。

そんな光景を見下ろしながら、アルノールは凛として姿を現した。ノエルは呆然と隣に立ち尽くす。

ジュールが王笏をアルノールに手渡した。

すでに国王は病床で退位を表明していた。

アルノールが王笏を手に取り掲げた瞬間、王笏の精霊石が、あの領主会議のとき以上に眩く光り輝いた。

まるで国神が、「彼が王ぞ」と示すかのように。

それは、歴史に刻まれるであろう、素晴らしい姿だった。

熱狂の渦が広がり、歓声は嵐のようだった。

ノエルはこの瞬間にあきらめた。

——旦那様が引退するまで、私は王妃業ね……。

◇◇◇

それからさらに二カ月近くが過ぎた頃。

国王は崩御した。

国王の死後、王妃は北の離宮に隔離され、サリエル王子は臣下に降《くだ》りヴィオネ伯爵となった。

エピローグ

——あら？　あれはディアンじゃない？

ライザは久しぶりにディアンを王宮の廊下で見かけた。

あちらも気がついたらしく、にこりといかにも社交用の笑顔を見せた。

ライザも同様だ。

——なんだか、感じが変わったわね。

文官として働いていると聞いていたが、彼の身につけている灰色の制服は確かに王宮勤めの文官のものだ。そのせいか堅物な雰囲気になっている。

一時期、彼の悪い噂しか聞かなかった。

ライザは、ディアンはノエルが好きだったことを知っている。ノエルといるときは笑顔が多かったのだから。それなのにノエルを裏切ったのだ。ライザはディアンには悪印象しかない。

ディアンは学園では、後腐れのない不特定多数の相手と関係を持っていると噂になっていた。

ノエルから離れたあとのことだ。ノエルからの話はライザには筒抜けなのだから知っている。けれど、ライザの情報網では、ディアンと遊び相手のことははっきりとしなかった。確証のない噂は情報とは言わない。ただ一緒に歩いているのを見ただけでは噂にする価値もない。

ディアンが遊べる相手を選んでいたからだろう。

——そういうところは、本当にうまいわよね。そつがないって言うか。

彼は貴族社会を生きるバランス感覚は優れているのだろう。器用に生きる術を元から身につけている。

――それが、かえって悪かったんじゃないかしら……。

ノエルを愛妾にするつもりで、本妻は良家の相手を探した。

金のある家格の高い家が理想だったのだろう。

だが、その相手が好きになれるかは別だ。

――気が合って容姿も好みで、一緒にいて楽しい子と過ごす日々を知ってしまったのに、金と家柄で選んで結婚して満足できるのかしら。しかも、ノエルは、本当は超優良物件だったのよ。自分が愚かだったことを、ディアンは無駄に優秀なおかげでよく自覚していることだろう。

――可哀想ね。

ライザは、ノエルが女誑《たら》しの被害には遭わなかったので、気の毒には思っている。

――ノエルが、もっと貞操が緩くて色気のある子だったら、アノヤロウは手を出してたかもしれないけどね。まぁそんなノエルなんて、想像もつかないからいいわ。

美男ではあるけれど、覇気がないおかげで魅力三割減の元クラスメイトに朗らかに会釈をしてすれ違う。今日は大事な用があるのだ。ライザは王宮の廊下を凛として歩いた。

この日ライザは、アルノールの願いでノエルに会いに来た。

陛下に「ノエルを慰めてほしい」と頼まれたのだ。

ライザは、ひと月ほど前の夜会であったことを聞いた。

アルレス帝国から客人が来ていた。

帝国からの貴賓をいつもアンゼルア王国では最大級のもてなしをしていた。

アルレス帝国から、我が国は大量の魔導具を輸入している。

つまり、お得意様だ。

だが、兵器となる魔導具に関しては、売り渋られると我が国のほうが困る。

大金を出している客だというのに、アンゼルア王国側が平身低頭している有様だ。

――まぁ、あちらは「機密兵器を売っている」んだものね、表向きは。

実際のところは型落ちした一昔前の攻撃用魔導具をもったいぶって売っているだけだ。

――でも、今回のことで陛下を怒らせたから、これまで通りにはいかないわよ。

ノエルとアルノールがその気になれば帝国の魔導具は要らない。

帝国から訪れていたのは、第六皇女ラベリアだった。

お相手を選びすぎて行き遅れた二十三歳。

ラベリア皇女とは、六年ほど前、アルノールが帝国に留学した際に婚約の話が出ていた。

アルノールが帰国したのち、あちらから断りがあった。

第二王子アルノールは王太子となる可能性がないと知ったためだ。

アルノールのほうでも婚約は乗り気ではなかったので、帝国側から断ってもらい助かった。

それですっかり済んだ話だ。

ところが、ラベリアは、

「婚約の話が宙に浮いたままになっていましたけど、進めても良いですわよ」

と言い出した。

夜会の真ん中で声高に言う話ではない。

ノエルにはあしらう技もなかったので、聞こえなかったフリをして微笑むしかなかった。

それに、相手は大国の皇女だ。

ラベリアは、アルノールがやむなくそばを離れた隙に、言いたい放題だった。

「シリウス様は、帝国ではとても自由にされていましたのよ、奔放って言うのかしら？　美しい花々を熱心に愛でてらっしゃったわ。私が婚約者であることを、それは嬉しそうにされていましたの」

ラベリアは、豊かな胸をゆらしてみせた。いくら夜会だからって、ここまで露出する必要はないだろうというドレスを着ている。もう、胸の頂点が見えそうだ。

「そうですか」

ノエルは平気な顔で相槌を打った。

「なんでもシリウス様は、可愛がっていた愛玩動物をこちらの王妃様の嫌がらせ……いえ、不手際で逃がされてしまい傷心で帝国にいらしたのでしょう。ねぇ、そういえば、あなた。よく似ていますわ、その子に」

「……そう、ですか」

ラベリアにのぞき込まれるように顔を見られ、ノエルは思わず退けそうになった。

ノエルは、こらえて立ち向かった。

牝豹に立ち向かう子ウサギの気分だった。

「似ていると言われません？　こ黄がね金リスに」

ラベリアは薄暗い笑みを浮かべた。

ノエルはなんとか耐え、夜会はつつがなく終わった。

以来、ノエルは笑わなくなった。

社交用の笑みは浮かべるが、それだけだ。

ノエルについていたブラドは一部始終をアルノールに報告した。

アルノールは、夜会の最中にラベリアがとっくに終わった婚約話を蒸し返したことで帝国に厳重抗議をした。

婚約があちらの断りでなくなったことは書状のやり取りが残っている。

非は向こうにある。

それでも、帝国に抗議などアンゼルア王国の歴史上、初めてだ。

騎士団には「帝国の魔導具はやめて、国産の武器で今後はやっていく」と宣言した。

ライザはそれらの経緯を思い返しながら、ノエルの私室にやってきた。

ノエルは嬉しそうにライザを部屋に招き入れたが、少しやつれたような気がした。

「ノエル、少し痩せたわね。お仕事しすぎじゃない？　武器の付与魔法、そんなに大変？」

「ううん、大丈夫よ。やり甲斐があったわ。もう、あんな事故品まじりの帝国製品に頼らないでいいのよ。団長さんたちが喜んでくれたから私も嬉しかったわ。あいつらのより、よっぽど役に立つって」

ノエルの新作、炎爆付与の投げナイフと、カマイタチ付与の弓矢は「帝国のやつより高威力で使いやすく信頼性も高い」と騎士団に喜ばれた。

団長に渡した雷嵐付与の長剣は高威力すぎて団長にしか使えないが、一刀で竜をも斃せた。

「良かったわ。なにしろ、貧乏国なのに無理して買ってたんだもの」

「そうよ。アルレス帝国との交易の条約ではね、こちらからは輸入を断りにくくなってたのよ。昔、帝国に脅されてそうなってたの。まぁ、当時は仕方なかったかもしれないけど。でも、今回、陛下が夜会の件で抗議したでしょ？　そうしたら帝国のほうから、しばらく魔導具は輸出できないって言ってきたの。陛下と外交部はこれ幸いと輸入停止を宣言したわ。あちらから言ってくれて良かった。また輸入再開のときは条件の見直しからやり直しよ。もう買わないから、どうでもいいって話よ」

ノエルは肩をすくめて片目をつぶってみせた。

「あらま」

ライザは笑いを堪えた相槌を打つ。

「帝国はアンゼルアから泣きついてくると思い込んでるわ。バカね。帝国はうちとの交易で、金貨をざくざく手に入れていたくせに。あの牛の乳みたいな胸をこれみよがしに見せつけてた皇女は、母親が三番目の側室で実家が外交部の高官なんですって。だから嫌がらせをしたつもりなんでしょうけどね」

「帝国は、ミスをした高官はクビじゃ済まないって言うわよ」

「ふうん。厳しいのね。ミスになるのか知らないけど、うちは助かったわ。今後は、帝国との契約はすごく気をつけると思うわ。もう、強気に出られるしね」

「ホントね……。ねぇ、ノエル。元気がないみたいに見えるんだけど。疲れてるだけ？」

ライザがノエルの顔を窺うと、ノエルはぴくりと肩をふるわせた。

――ノエル……。やっぱり、変ね。

「親友にも言えないこと？　それに、ノエル。陛下のこと、『シリウス』か『アル』って呼ぶのって言ってたでしょ？　どうして『陛下』呼びなの？」

ノエルはふぅとため息をついた。

「ライザ。ねぇ、あのね。私……。陛下に愛されてるって思ってたの……。女性として」

「もちろんよ。愛されてるでしょ」

ライザは、アルノールに頼まれたのだから。

ノエルが元気がないまま治らない、と。

アルノールは心配でたまらない様子だった。

「ノエル。夜会で言われたことをまだ気にしてるの？　皇女が言ったことなんてウソだったのでしょ？」

「花々を愛でていたと言うのはウソだったわ。陛下は、国神の加護が篤かったおかげで、国神が選ばないような女には近づきたくもなかったみたい。すごく範囲が狭まれてしまってて、おまけに陛下自身の好みもあるでしょ。あの牛の乳皇女は、帝国の皇女なので仕方なく愛想良くしたけど、国神フィルターで引っかかりまくってる女だったから嫌でしょうがなかったって話」

「やっぱり、ウソだったのね。じゃぁ、問題ないじゃない？」

「陛下が黄金リスを愛でていたのは本当だったの」

「え？」

「私が、そいつに似てるっていうのも……」

ノエルが気落ちした様子で俯く。

黄金リスはその名の通り金色のリスだ。魔獣のくせに、危険度はゼロ。

桃が好物なのでモモ農家の天敵だが、あまりに可愛いのでペットにする者が絶えない。

金色の巻き毛に水色のつぶらな瞳をしていて実に愛くるしい。

──そういえば、似てる？　かも。

「で、でも、ノエル……」

「陛下は、一時期、飼ってたって……。王妃の嫌がらせで逃がされるまで……」

「可愛いんだから、いいじゃない？」

「魔獣のネズミよ。陛下の隣にネズミの王妃じゃ笑いものよね。おかしいと思ってたの。あんなに格好良い陛下に、なんで私なんだろう、って。昔飼ってたネズミに似てたからなのね」

「ノエル。あなた美人よ。自信を持って。それに、初夜は陛下と過ごしたのよね？　私のあげた『閨の手引き』は役に立ったんでしょ？」

ライザが尋ねたとたん、ノエルが頬を染めた。

「そ、それは、もちろんよ。役に、立ったわ。ありがとう、ライザ」

ノエルは小声で答えた。

「それなら、大丈夫よ。黄金リスを嫁にする人なんていないわ。ちゃんとノエルは女性として愛されてるのよ」

「そうかしら」

ノエルは半信半疑の顔だ。

「そうよ。もう少ししたら旅行にも行けるのでしょ？　陛下は、やっと新婚旅行に行けるって、楽しみにしてらしたわよ。少し休んだらいいわ。可哀想に。魔力量特大の魔導士と付与魔導士の夫婦なんだもの。本当だったら、あっという間に大富豪よ。それがこんな貧乏国で苦労してるなんて。もっとのんびりすればいいわ。ノエルは、辛かったんだから」

ライザになぜか「よしよし」と撫でられた。

「サリエル元王子がヴィオネ伯爵家を継いでくれたみたいだけど、それはいいの？」

ライザが気遣わしげにノエルを見た。

「ええ、それは感謝しているわ。あのね、これは知られてないんだけど」

「なあに？」

「ゼラフィは鉱山に入ったのだけど。半年くらいは肉体労働はなしなのよ。子供が産まれるまでは」

「え？」

「サリエル殿下の子」

「えぇ？」

ライザが呆気にとられて目を見開いた。

「ヴィオネ伯爵家の血筋は、今は私だけ。それで、私は王家に入ったわ。その昔は、ヴィオネ家はなかなか良い魔導士だったみたい。領地運営の能力はまるでなかったのだけどね。だから、傾いてしまった。でも、姉の子がヴィオネ家を細々と繋いでくれるかもしれないの。サリエル殿下は、ゼラフィの子を引き取ってヴィオネ伯爵家で育てるって」

「そうだったの……」

「赤ん坊のことは秘密ね。ゼラフィはなんの罪もない令嬢を殺してしまったのだもの。でも、赤ん坊には罪を背負ってほしくなくて」

「言わないわ、安心して。ただ胸の内でその子の幸せを願うだけにするから」

「ありがとう、ライザ」

ノエルは、まもなく産まれるであろう子に想いを馳せた。

◇◇◇

アルノールたちが新婚旅行に行けなかったことをジュールやロベールたちは気の毒に思っていたらしい。

王弟や宰相たちに勧められ、ふたりは湖沼地帯の有名な観光地に旅行に出かける計画を立てた。

王都から馬車だと五日ほどの距離があった。ノエルとアルノールは馬車の旅を楽しんだ。

旅程は風光明媚なところを厳選していた。

ノエルは夫に案内されて空気の澄んだ竹林を歩いたり、見頃の花畑を眺めた。

水色の野花が一面に咲く群生地では鮮やかな空の青を背景にどこまでも見渡す限り、水色の花弁がさざ波のように揺れていた。

ふたりは手を繋いで歩いた。

「ノエル……ライザが、その……言っていたんだが。ちゃんと話し合うべきだと。ノエルは、まだなにか誤解をしてるのかい？　私は、留学中に女遊びなどひとつもしていないんだよ」

　暖かな彼の手と景色を堪能していると、ふいにそんな言い訳が耳に届いた。

「それは……ええ、わかった、つもりです」

　ノエルは気まずく思いながら俯いた。

「真面目に恋愛というものに向き合えたのは、ノエルだけなんだ」

　若き王は水色の可愛らしい花を摘むと妃の髪に挿し、頬を火照らせた妻を抱きしめた。

「こんなに可愛い少女を自分の妻にできて幸せだと思っている。ジュールにはさんざん、揶揄われているけれどね」

　照れたように頬を緩める飾り気のない笑顔は、ノエルの前でだけだ。

「揶揄われてるんですか？」

　――私がネズミみたいだから？

　とついノエルは思ってしまう。

「私が夢中になってるからだ。妻を可愛くて仕方ないという目で見ていると言われた」

　さらに気恥ずかしそうに言われた。本当は彼はそんな歯の浮くような台詞は言わないほうだとノエルは知っている。いつも彼は、なにも言わなくともノエルを支え護ってくれた。知らないうちに助けてくれたこともある。きっと、ライザに話し合えと言われたので頑張って話している。

　そう思うと胸が温かくなる。

　ノエルは、ネズミでも良いような気さえしてきた。

大事にされているのは確かなのだ。

「えと……あの、私、ネズミっぽいかも、しれない、けど」

言いたくないが、胸の内を伝えるべきだろうと思った。

「は？　ネズミ？」

「私……黄金リスに似てるって……」

「似てるって言われれば、色が似てるかもしれないが。あの可愛らしいリスに似てるというのは、褒め言葉ではないのかい」

きょとんとした顔をされてノエルは心底脱力した。

どうやら、我が夫は、黄金リスのことなど忘れ果てていたらしい。

――私……なんだか、ホントに空回りしてたのね。

ノエルの脳裏に、自分によく似たリスが回し車を空回りさせている姿が浮かんだ。

旅程、四日目。

村長の家に招かれて食事をした。

ここソラン領は、領主はいない。国が管理している。

国神の加護が篤い土地で、王笏の精霊石が見つかった泉もある。

「浮気がバレて事故死した王妃が、何度も自分の別荘を建てようとした湖のほとりがあるんですよ」

と村長が、なぜかとても自慢げに話す。

「は、はぁ」

その王妃の話は知っている。有名なのだ。教科書にもチラリと載っている。

教科書にこんなこと書いて良いの？　みたいな感想を持った覚えがある。

隠せば良いのに思いっきり書いてあった。

王妃の実家は断絶して消えていたから良いのだろう。魔導士を奴隷にして潰れた家だ。

「ここは国神の加護がありますから、その王妃の別荘はどう頑張っても建たなかったんですよ。毎度、ありとあらゆる災厄に見舞われて、樹の伐採もできませんでした。王妃はこちらへは避暑に来ることすらできませんでした。大嵐になったり、地震で馬車が倒れたときもありました」

「馬は大丈夫でしたか」

ノエルは思わず尋ねた。

「罪のない馬と御者は元気でしたよ」

村長が微笑んで教えてくれた。

「王妃は大腿骨と顔面を骨折しましたけどね」

明くる日。目的の湖畔に到着した。

「ノエル。実はね、泊まるところを用意してあるんだ」

ふたりで心地よい森の道を歩いているとアルノールが楽しげにそう言った。

「別荘でもお借りするんですか？」

ここはとても綺麗だった。

湖はまるで青い宝石のように木立の向こうで輝いている。

樹々と花々の匂いがする。時折、鳥たちの愛らしい鳴き声が聞こえた。

「別荘を建てたんだ」

「ふふ。無事に建ったんですか」

ノエルは冗談と思った。

浮気な王妃の別荘の話を昨晩、聞いたばかりだ。

「もちろん。ノエルのために建てたらとてもすんなりと完成したよ」

アルノールが微笑み、ノエルの手を引く。

木立を抜けたそこは、湖畔の景色を見渡せる眺めの良いところだった。

「あ、緑の屋根……」

ノエルは足を早めた。

コンドロア共和国で、緑の屋根に白漆喰と赤煉瓦の家を借りる予定だった。

目の前の可愛らしい別荘は、外壁の下部は赤煉瓦で、他のところは白漆喰が塗られていた。

窓枠とドアは屋根とお揃いの深い緑だ。

白い柵の入り口には蔓薔薇を纏わせられるようにアーチが施されていた。

「ノエルが夢だと言っていた蔓薔薇のアーチは、一緒に薔薇の色を選びに行こう。錬鉄のベンチも。休みの日はここで過ごそう。子供たちが生まれたらボートも買おう」

ノエルはぽろぽろと涙を溢れさせた。

「ああ、泣かないで、ノエル」

「ありがとう、シリウス」

「やっと名前を呼んでくれたね」

抱きしめられ、あの十二歳の頃、傷を治してもらった時のように、泣き止むまで髪を撫でてもらった。

◇◇◇

ロベールとセオに設計してもらい、魔力量特大の魔導士が稼働させる、王宮と繋がる「転移魔法」の魔導具を設置するのは、しばらく後の話。

後日談　サリエル王子その後

サリエルはぼんやりと車窓を眺めていた。

今日からヴィオネ伯爵家の邸で暮らすのだ。

国王は崩御し、母は北の離宮に追いやられた。

もう戻っては来ない。

おかげでサリエルは安心して生きられる。

母の心は壊れていた。

王妃となってからの生活が辛すぎたのだ。

自業自得とはいえ、哀れだな、と思う。

サリエルは母が王宮の嫌われ者だと悟ってから、ただ大人しく暮らすことだけを考えていた。

誰にでも優しく、逆らわず。

王の寵愛を受けた王妃の息子ゆえに護衛や従者はついていたが、皆、腫れ物に触るような態度だった。

ゼラフィのことは好きでも嫌いでもなかった。

ただ王妃に命じられたので婚約した。

自分と違って好きに生きている令嬢だった。

サリエルの前ではしおらしい態度をとっていたが、単純なゼラフィは他では正体を暴露していたのでバレていた。

サリエルは色んなことをあきらめていたし、彼女に興味もあまりなかった。

ゼラフィが令嬢たちと頻繁に言い争ったり、下位貴族の大人しそうな令嬢を連れて空き教室に籠もっているのは知っていた。

――知っていたのに、放置したんだ。

まさか、令嬢を脅して課題をやらせていたのは知らなかったが。

ゼラフィはびっくりするくらい無知で、授業の話が全く理解できていなかった。

魔導の授業では、いつもゼラフィは嬉々として炎撃を放っていた。

凄まじい威力だ。

でも、魔導の教師は苦い顔をしていた。

その理由をサリエルは知っていた。

ゼラフィは荒っぽいのだ。

魔力を効率よく使えていない。

炎撃を放ったあとキラキラとして見えるのは炎とならずに霧消した魔力だ。

魔力をもっと集めて、丁寧に準備をして炎撃を放つ練習をしたほうがいい。

――私があんな風に適当に魔法を使ったら、全然、発動できないだろうな。

サリエルは、才能ある者の傲慢さを、ゼラフィの中にいつも見ていた。

サリエルには魔力が少ない。

それなのに、母に王太子になれと言われる辛さなどゼラフィには微塵もわからないだろう。

ゼラフィがサリエルに性的に迫るようになったのは、ヴィオネ伯爵家の両親に突《つつ》かれてのことらしい。

ヴィオネ伯爵家は潰れる寸前だ。

領地からの収入が得られなくなったからだ。

ヴィオネ伯爵夫妻は魔力充填の仕事をしてなんとか暮らしていた。

ゼラフィも仕事を手伝えばいいのに、やらない。

やる気がないというのが理由らしいが、そもそも魔力充填は魔力をうまく制御できないと充填する魔石を壊しやすい。

ゼラフィにはできないだろう。

サリエルは知っている。皆、知っているはずだ。

カップの水を沸騰させる作業は魔力制御の良い練習になる。

ゼラフィにはできない。

癇癪を起こしてカップを全滅させてから教師もやらせようとしない。

ゼラフィは、炎撃以外に魔法を使えないのだ。

サリエルは、ゼラフィは火の属性以外には「土」が強いと聞いていた。

「水」はほんの少しはあるらしい。

ゼラフィは土魔法などまったく使えない。

土に魔力を注げ、と魔導の教師に言われて、訓練場の地面に炎撃を放っていた。

皆で呆れた。

土魔法は、地味な魔法かもしれないが、農業国の我が国では最も需要の高い魔法だ。

土魔法を帯びた魔力を農地に与えると作物の実りがとても良いのだ。

ゼラフィは後悔などする性格ではないが、ゼラフィの両親はさぞ悔やんだだろう。

ゼラフィが土魔法をもっと使えたら、良い収入になったからだ。

サリエル自身は土魔法が得意だ。

魔力量は低いが、それでも、ごく幼い頃から血の滲むような訓練を続けて少しは底上げができたし、魔法の発動はうまい。

魔力効率はとても良い、といつも褒められていた。

もう少し魔力量があったら、良い魔導士になれただろう。

サリエルは、魔力量が低いために有能な魔導士にはなれないが、下っ端の魔導士くらいにはなれそうだ。

サリエルの母は魔力が底辺と言われていた。

平民にも劣る、と。

ただ、それは少し正確ではない。

本当はもっと魔力はあったのだ。

ただ、訓練を怠ったために使えない。

そうでなければ、サリエルは生まれなかった。

国王が病で、魔力量が削り取られるように少なくなったおかげで、サリエルは生まれた。

夫婦の魔力量に差がありすぎると子ができないのだ。

王の体力が落ちすぎる前に子ができたのは幸運だったと母は嬉しそうに話していた。

ずっと、子ができないことで陰口を囁かれていたのが辛かったのだろう。

国王と結婚などしなければ、母はもっと幸せだったかもしれない。

だが王妃になりたいと我が儘を押し通したのは母だ。

今年は王宮で秋の夜会があり、ゼラフィが泊まった。

その時に、ゼラフィを抱いてしまった。

あの傲慢な女がサリエルの前で恥じらいながらドレスを脱ぐ様に、我を忘れてしまった。

——仕方ないよな、私だって若い男なんだから。

ゼラフィはその一度で妊娠した。

魔力量の差があったはずなのに、よくぞ妊娠した。

ゼラフィは魔力量は「大」の下だという。

サリエルは「小」レベルだが、そのレベルの中では高めだ。もう少しで「中」レベルになれたくらいだ。

妊娠しにくいくらいの差があるので、てっきり避妊など要らないと思っていた。

ヴィオネ伯爵家からの報告で懐妊を知った。

ゼラフィは傲慢な女だが、性的な意味では奔放ではないのでサリエルの子で間違いないと思う。

王妃には散々、小言を言われたが、サリエルは、魔力量の高いゼラフィが自分の子を身籠もってくれたことだけは、どうしても嬉しいと思ってしまった。

きっと、自分とは違って、魔力量の高い子に育つ。

そうしたら、サリエルは、自分の持っている魔法の知識や訓練のやり方を教えてやろう。

サリエルは、母に怒鳴られながら辛い思いをして訓練に励んだが、我が子にはもっと飴と鞭を使って褒めながら教えてやろうと思う。

そんな独りよがりなことを、一瞬でも考えていた過去の自分を、サリエルは後になって本当に愚かだと思った。

ゼラフィが怒り狂い令嬢たちに炎撃を放った、あの時、サリエルはそばにいた。

サリエルが王太子になれないことなんて、ずっと前からわかっていた。

サリエルはなりたくなかった。

王笏を掲げてもチラリとも輝かせられないだろう、そう王宮魔導士のルカに言われたのだ。

ルカは、王にも意見ができる。

ルカを怒らせるとまずいからだ。

「あなたはとても良い魔導士だと思いますよ、サリエル殿下。魔力効率の良いうまい魔法だ。その歳でよくぞと感心するほどだ。だが、王にはならないほうがいい。いざというとき、国を守るのは王だ。王笏を掲げ、王都に攻め込む魔獣を殲滅させなければならない。あなたは王笏を使ったら、炎撃一発で魔力切れで死ぬだろう。王笏は、いざとなったら国王の命なんか気にせず魔力を吸い上げる。職務を果たしたら干からびて死ぬ職業にはつかんほうがいい」

ルカが真面目にそんなことを言うので、サリエルは笑ってしまった。

王などただの職業だとルカは言うのだ。

「なりませんよ、なりたくないです。なんとなく、なったらいけないよ、と自分の中の魔力が言うんです」

「ハハ。魔力の声は、国神の声ですな」

王にならない、と思うだけで、サリエルは重い荷から解放された心地になった。

ゼラフィが「王となる子を身籠もったわ」と嬉しそうに報告をしてきたとき、サリエルは、一時でも彼女との間に子ができたことを喜んだ自分を呪った。

ゼラフィの腹から感じられる魔力はどことなく馴染みがあるのだ。

間違いなく自分の子であることが、今は煩わしい。

なんで嬉しそうなんだろう、とサリエルは思った。

私たちに未来があるとでも思ってるんだろうか、と。

実際、未来などなかった。

サリエルは王太子にはなれなかったし、その知らせは、サリエルが話すよりも先にヴィオネ伯爵家にもたらされてしまった。

ゼラフィの激昂ぶりは凄まじく、近づくのに躊躇するほどだった。

炎のオーラが見える。

ゼラフィは、魔力の制御が下手なので、感情で魔力が漏れて揺れる。

サリエルはため息が出た。

――だから嫌なんだよ。

ゼラフィは、サリエルの前では大人しくしていた。

それでも、サリエルの言動で気に食わないことがあると魔力の漏れがあるのですぐにわかる。

サリエルは、土魔法の他に風魔法もそこそこ使えるのでゼラフィの悪評は知っている。

風魔法は盗聴にも使えるのだ。

ゼラフィに詰られた。

「どうして王妃の産んだ王子なのに、王になれないの！」

感情が暴走している。

マズイ、と思った。

ゼラフィのような女は感情の制御などできない。魔力制御以上にできない。

「あぁら、ヴィオネ様、王太子妃候補だったのに残念でしたわねぇ」

シモーヌ侯爵令嬢が煽ってきた。

サリエルの婚約候補だった令嬢だ。

「うるさいわね！　あんたなんて、とっくに負け犬だったくせに！」

ゼラフィが怒鳴った。

「まっ！　そんな淑女らしくないことを怒鳴るような女だから、サリエル殿下が王太子になれなかったんだわ！」

サリエルは呆れた。

その発言はゼラフィを選んだ王妃も貶しているのだとわからないのだろうか。

それからはひどい言い合いになった。

サリエルは、従者に教師を呼びに行かせた。

護衛の騎士にはそっと耳打ちして、ゼラフィの後ろからいざとなったら羽交い締めにして抑えろと命じた。

騎士はサリエルのそばから離れるのに難色を示したが、強く命じて動いてもらった。

言い合いはさらに激化していた。

騎士はゼラフィを刺激しないようにそっと近づいた。

ゼラフィが手を振り上げた。

魔力が集まる。

あんなに粗いやり方では大した攻撃はできないだろう、とサリエルは油断した。

それでも、ゼラフィは魔力が高い。

目一杯、結界を張った。

まさか、加減するだろうと思った。

いくらなんでも殺そうとするはずがない。

サリエルは、ゼラフィのことをわかってなかった。

ゼラフィは、荒っぽい代わりに魔法の発動がやたら速かった。

サリエルは判断を誤ったことを知った。

ゼラフィはまるで人間ではなかった。

火竜のようだった。

怒りで煮えたぎるゼラフィの顔は、獲物をいたぶる鬼人のごとく歪み醜かった。サリエルは怖ろしさに目を見開いた。

ゼラフィは憤怒に燃え、炎を放った。

サリエルは全力で結界を張った。

身が焼け焦げる匂いがする。

目の前の全てが真っ赤に燃えたのちに、意識が消えた。

自分は死んだのだろう。

こんな女が婚約者だったとは。

サリエルは一度死んだ、と思う。

少なくとも一瞬は死んだ気がするのだ。

助けてくれたのは兄だった。

長兄シリウスが稀な治癒士であったために、命を救ってもらった。

体はあらかた治ったと思う。

だが、心は治ったとは言いがたい。

あの恐怖は一生消えないだろう。

サリエルの結界からわずかに離れていたシモーヌ嬢は即死。

サリエルが立ちはだかり捨て身の結界を張ったために、他の令嬢たちは軽症で済んだ。

ゼラフィを抑えようとした護衛の騎士はゼラフィの炎撃を近距離で浴びたが、その時にはゼラフィが魔力を使った直後だったために即死は免れた。

ゼラフィはその後、逃走を図り、学園から出ようとした。逃走経路に居合わせた学生らがその際に火傷を負っている。ゼラフィは門から出る直前に、知らせを聞いて結界の魔導具を装備した教師たちや衛兵らに取り押さえられ、魔力制御の首輪をはめられた。

「まるで悪鬼のようだった」

と、捕物の有様を見た学園関係者は噂した。

◇◇◇

サリエルは、荷物と一緒にヴィオネ邸の前に降り立った。

ヴィオネ伯爵家は、まるで廃墟のようにひどく荒れていると聞いていた。

聞いておいてよかった。おかげでさほど驚かなかった。

まさしく廃墟だった。

丈高く生い茂った雑草に埋もれて崩れかけた邸がようやく建っている。ヴィオネ家は古い歴史を持つ伯爵家だが、まるで皮肉のように、朽ちたかけた邸がこれでもかとそれを主張していた。

渡されていた鍵を使って中に入ると邸内のものは全て処分されていた。

売り捌《さば》かれ、賠償金の足しになったのだ。

サリエルは、国が買い上げた邸と国が抵当として管理していた領地を臣下に降るときの予算で手に入れた。

ヴィオネ伯爵家を継ぐことは病床の陛下に許可されていた。

領民たちへも派遣されている官吏から説明がなされ、領民たちはサリエルがゼラフィの婚約者だったことに思うところはあったが政略結婚であることは理解していて、サリエル自身は優秀だということも噂で聞いていたらしく、「村長たちは歓迎しています」という話だ。

こっそりと調べた領民の反応としても、偉ぶらない良い方ならいいな、と話していたという。ヴィオネ伯爵はひどい悪辣な領主だったので心配していたが、官吏たちがサリエルはそういう人物ではないと、誤解のないようにしてくれた。ありがたいと思った。

話によると、ゼラフィは領民の子にも炎撃を放ったことがあるらしい。

その話を聞いた時は怒りで頭に血が上りそうになった。

官吏に頼んで、後遺症などが残っていたら治癒士を派遣するように頼んでおいた。

そのことも良かったらしく、サリエルはすんなり受け入れられているという。

「それにしても、ひどいな。まずは修繕か」

庭もひどいが、住むためには邸の修繕が先だろう。よくも邸がここまで傷むまで放置していたものだ。これで伯爵一家が住んでいたというのだから信じがたい。

一階から歩いていく。

サリエルは、もうただの落ちぶれた伯爵となったので従者も護衛もいない。

攻撃魔法も少しは撃てる。

大した威力はないが、風魔法の攻撃魔法であるカマイタチを使えるのだ。ゆえに護衛など要らないだろう。そもそも、貴重品も大してない。

御者に荷運びを手伝ってもらい、帰したあとはひとりだった。

馬は一頭、後から運んでもらう予定だ。サリエルの馬だ。馬車はそのうち荷馬車を買えばいいだろう。

そんな風にあれこれと考えながら歩いていると奥で物音がする。

サリエルが警戒して音のほうを見ていると、老いた執事服姿の男が姿を現した。

「ああ、サリエル殿下ですね。今日辺りに参られるとお聞きしておりました。執事のハイネと申します」

　ハイネは綺麗にお辞儀をした。銀の髪をきっちりと撫で付けた琥珀の瞳の執事は品が良く、廃墟には不似合いだった。

「……人を雇う余裕はないので人員整理をしておいたはずだが？」

「聞いております。他の者はひとり残らず、わずかの退職金をいただいて出ていきました。もとより、給金がほとんど出ていなかったものですから、馬車代だけでもいただいて、紹介状も国が書いてくれましたのですんなりと辞めていきました。私は、老いすぎておりますので他に行くところがありません。給金は要らないのでお手伝いできないかと相談しましたところ、サリエル殿下に聞いてくれと言われました」

「そうだったか。だが、本当に大して金は出せないのだ」

「理解しております。領地からの収入は向こう十年はないそうですね。前のヴィオネ伯爵は魔力充填の仕事をしていましたが、ほとんどは生活費と諸々の支払いでなくなってました。その頃から、もう使用人たちは職業斡旋所を頼ってどんどん減っていったのですよ。最後まで残っていたのは、夫人付きの侍女と調理場の者だけでしたね。わずかながら給金が渡されていたのです。私は、庭の畑の収穫を調理場のものと分けながら暮らしておりました」

「ひどいものだな。そういうことか……。ハイネは家族はいないのか？」

「いないこともないのですが。申し訳ありませんが、行くところがありません。妻とは離婚はしていませんが、妻がこの邸で侍女をしていたときに辛いことが色々とあったものですから。私が執事を頑固に続けていたのが許せなかったらしく」

ハイネは言いにくそうだった。

主人の悪口になるからかもしれない。

サリエルは察してそれ以上聞くのをやめた。

行くところがないのなら少しでも手伝ってもらおうと決めた。

ハイネとともにまた邸を見て周り、早急に直したほうがよいところなどを検討した。

ハイネは、サリエルが土魔法を使えると聞くと目を輝かせた。

「それは良いですね。土魔法を使える魔導士様がいると左官代が安く済むのですよ」

「え？　そうなのか？」

サリエルはどういうことかと尋ねた。

「それはもう、左官屋は助かるでしょう。もちろん、サリエル殿下が協力してくださるのなら」

「するよ、もちろん。それから、ハイネ。私はもう殿下ではないのだし主人としても大して給料を払えないのだから、サリエルさんくらいにしてもらえないか」

「それは恐れ多い……」

「給料がしっかり払えるようになったら様呼びも検討しよう。でも、今はそのほうが気が楽だ」

「……仕方ありません。主人の命令とあれば……。ですが、人前ではサリエル様と呼ばせていただきます。主人が侮られてはいけませんのでね」

「それは好きにしていいよ」

サリエルが詳しく聞いたところによると、土魔法を使えばセメントを捏ねるのが一瞬で済むのだという。それから、土を掘ったりするのも土魔法で手助けすれば力要らずで終わる。

ハイネは、土魔法の魔導士が、捏ねたセメントを操って蛇のようにセメントが屋根を上っていくところを見たことがあるという。

確かにそれくらいならサリエルにもできそうだ。

ゆえに、手間を省けるところが色々とあるので、土魔法の魔導士が手伝うから安くしろと頼めば割安でやってくれるだろうと言う。

ハイネの知り合いに左官屋がいるので頼んでみようと言われてサリエルは頷いた。

数日後、サリエルは、ハイネの連れてきた左官屋と相談し、本当に割安でやってもらえることになった。

「王子様をこき使っていいんですかね」

左官屋のかしら頭が若干、半信半疑な顔をしている。

散々、打ち合わせをしたというのに信じきれていないらしい。

「いいよ。遠慮なくこき使ってくれ。こんなに安くしてもらったからな」

なんと半額なのだ。

サリエルはだいぶ節約できたので機嫌が良かった。悩んでいた予算がなんとかなりそうなのだから。

「そんじゃま、この土台のだいぶ傷んだところから」

ハイネが心配していた土台の補強から始まった。

土台の周りを片付けて枠を組み、セメントを流す。

土台のひび割れにも強化セメントを埋め込む。

サリエルは、扱いにくい強化セメントも土魔法でうまく捏ね上げた。

さらに、ひび割れにその強化セメントを埋め込む作業もやってのけた。ひび割れの奥の奥まで、強化セメントを操りしっかりと充填した。

「おぉ、これは助かるな。すごい上手ですな」

頭に褒められて、サリエルは素直に嬉しく思った。

王子が左官仕事などと言われそうだが構わない。

魔法を使うのは好きなのだ。

喜んでやった。

その後も、頭に言われるままに作業を進め、土台の補強は六日ほどで済んだ。

七日目。

壊れた煙突の修理だ。

煉瓦を屋根の上に運ぶ作業も、サリエルは身体強化魔法を使ってひょいひょいとやってのけた。

「細く見えて、すごいですな……」

「身体強化魔法ですよ」

サリエルは、にっこりと微笑んで答えた。

「騎士団の凄腕も難しい魔法じゃなかったですか？」

「そうでもない。魔力操作が巧みなら結構できる。煉瓦運びはこんなものか？」

「ええ、煉瓦は終わりです。セメントのほうもお願いできますか」

「指示してくれ、できると思うから」

ハイネが見た土魔法使いはセメントを蛇のように動かしていたらしいが、サリエルもそのイメージでやってみたところ、案外、簡単にできた。

後は、仕上げは頭たちに頼んだ。

煙突の修理も一週間でほとんど済んでしまった。

その後、外壁の修理を行い、左官の手が必要なところは全て二十日ほどで完成した。

廃墟だった邸が見違えるようだ。

ハイネが涙を流して喜んだ。

「私がお仕えすることになったときにはすでにだいぶ傷んでおりましたので、こんな綺麗な邸を見るのは初めてでございます」

「いや、まだ泣くほどじゃないだろう、ハイネ。今度は大工たちに頼まないと。さすがに大工仕事は手伝えないから、普通に頼まないとな。でも、左官の手間賃がだいぶ節約できたので、それなりに十分な修理を頼めると思うよ」

「左様でございますね。修理に使う材木は、裏の伸び放題の杉や楢《なら》の木などを切って使ったらいかがでしょう？　サリエルさんは、風魔法のカマイタチが使えるんですよね？　そうしたら、伐採して風魔法で乾かして使えるように加工にすれば、材木代が助かるかもしれませんよ」

「……こき使うねぇ、ハイネ」

「それはもう、節約でしたら、ヴィオネ家で修業させていただきましたからね」

ハイネが上品に笑った。

サリエルは、ハイネに指示されながら良さそうな木をカマイタチで伐採した。

サリエルの魔力量がさほど高くない上、風魔法は土魔法ほどは巧みではないために一日に二本ずつではあったが、十本ほど切り倒した。

サリエルは、ハイネに伐採した木の枝の始末までやらされた。

おかげで、綺麗な木材に仕上がった。

風魔法をさんざん当てて、木材の乾燥までさせられた。

サリエルは、学園にいた頃よりも魔法の修業をしている気がした。

刈り取られた枝は薪にするという。

「今年の冬は薪に困りませんよ」

とハイネは嬉しそうだ。

切り株は、土魔法で掘り起こし、切り株の部分も刻んで乾かして薪にする。

ハイネは、町の大工に「材料の木材はあるから」と、また工事費を割引してもらった。

ハイネが「耕していた」という邸の裏庭の畑はそう大きくはないが充実していた。

この畑の作物で、最後の頃のヴィオネ家は食い繋いでいたという。

肉類はないが、卵は隅の鶏小屋の鶏たちが産んでくれるという。

「ほとんど、自給自足だったんだね？」

サリエルは半ば呆れて、半ば感心した。

「塩などの調味料と油類は買わないとなりませんので、『ほとんど』と言って良いかわかりませんが」

「肉は買ってきたほうが良さそうだね。買い物を頼めるか」

「嬉しいですね。肉類はとても久しぶりです」

「元伯爵は、使用人に賄いを食べさせなかったのかい」

「伯爵は、酒代は惜しみませんが、食費には興味がありませんで。奥様は、石鹸や香油代には金をかけますが、肉はないほうが太らなくて良いと思う方でらっしゃって」

　ハイネは気難しい顔をする。

「……よく辞めなかったね」

「私は、辞めさせられた侍女たちに、伯爵から『紹介状など書くな』と言われたものですからできなかったのです。伯爵の署名が要りますからね。できることなど、職業斡旋所に侍女らの情報を渡して世話を頼んでおくくらいなものです。そんな私が、自分だけ良いところに転職などできません。ノエル様が虐待されていたのも知っていましたが、せいぜいお召し物にゼラフィ様のお下がりを差し入れるくらいなものです。それも、晴れ着はさすがにバレますので、普段着だけです。針と糸もそっと置いておきました。ゼラフィ様は、普段着は破きますのでね。私は老眼ですから、縫い物はできませんで。後は、食べ物の差し入れくらいでしょうか。食料庫の鍵は必ず開けておくようにして、パンも余分に置いておくようにしました。図書室の鍵もです。ノエル様は、ゼラフィ様と違って本を読まれましたから。机の引き出しには、ペンとノートを入れておくとノエル様は勉強に使われてましたよ。そういう差し入れのしがいがありましてね。全く、このお邸はやることがたくさんありました。やはり、辞めなくて良かったと思いますよ」

サリエルは、この老執事が陰で皆を支えていたことを知った。

大工たちは、サリエルの仕上げた材木を「なかなか良い」と褒めながら使ってくれた。

おかげで、他の工事もかなり安く出来上がった。

◇◇◇

主人をこき使う執事、ハイネは、

「庭もご主人様なら、すっかり綺麗にできますね」

とにこやかに提案をしてきた。

もちろん、やるつもりではあった。

ただ、大工たちがいる間は邪魔になるのでやめておいたのだが、裏の畑は手入れをしても問題はないだろうとハイネと畑仕事をした。

「畑は一年中やることがあるのですよ」

と、上品な執事が草むしりをする。

「ハイネ。土魔法の『耕し』を試してみるので、種を蒔いていないところを教えてくれ」

「そちらの手前のところは今はまだ種まき前ですよ。それから、こちらの半分は野菜の残りを収穫してしまったら後はすっかり耕してください」

「そうか。では、収穫するか」

「この葉物野菜と豆はこれからの貴重な食料です」

「よく実ってるな」

「それはもう、鶏糞と厨房の屑野菜と、それから、暖炉の灰と除草した草を混ぜ合わせて手作りの肥料を作ってますからね。よく熟成させた二年ものの肥料ですよ」

「執事の仕事を逸脱し過ぎてるな……」

サリエルはハイネに言われたところを土魔法で耕し、ハイネ自慢の肥料もまいてから葉物野菜と根菜の種を蒔いた。

大工の修理も徐々に進んでいった。

サリエルは、修理の終わった部屋からハイネに頼まれて風魔法で掃き掃除をやらされた。

塵を集めて、ハイネが片付ける。

拭き掃除はふたりで済ませた。

ハイネは「ひとりでやります」と言うのだが、高齢のハイネひとりにやらせたいとは思わなかった。

サリエルは、何事も自分でやろうと覚悟を決めてきたのだ。

汚れが取れないところは、浄化魔法を使った。ハイネも浄化魔法はうまく使えた。

聞けば、ハイネは男爵家の次男だったという。

他の魔法は何かできるのかとハイネに聞かれて、あまり答えたくはないが、サリエルはカップ一杯の水を生成し、指先に火を灯してみせた。

「ほう、便利ですね。災害時には命拾いできますね」

ハイネが感心したように答えた。

「たったこれだけだが……」

王子のくせに自分の魔法が粗末なことは、サリエルは知りすぎるほど知っていた。

「人はものを食べなくても半月くらいは生きられますが、水を飲めないと四日くらいで死んでしまうのですよ」

「そう言われればそうだな」

「薪の焚き付けには、サリエルさんを呼べば良いのですね」

「……まぁ、そうだ」

「ゼラフィ様は、あの物騒な攻撃魔法ばかりを極めずに、色々と修業してくだされば良かったですのにね」

ハイネが遠い目をする。

「本当だな」

彼女は、あんなにも才能に溢れていた。

だが、褒められた魔導士ではなかった。

——私は、ここで、彼女よりも魔導士として活躍しているのだな。

皮肉なものだな、とサリエルは思った。

◇◇◇

ひと月後。

サリエルは、土魔法のおかげで育ちが良い野菜たちの芽を眺めながら野菜の収穫をしていた。

「さすが、土魔法を与えると違いますな。たくさん獲れたので、近くの牧場で肉と交換してきましょう」

大収穫にハイネが嬉しそうだ。

「そんなことができるのか」

「生肉がなければ、ソーセージと交換してくれます。旦那様たちが山に働きに行かれてひとりきりだったときに、食べ切れない野菜を持っていきましたら交換してくれましたので」

「逞《たくま》しいな、ハイネ」

山に働きに……とハイネは言うが、要するに、鉱山に罪人として行かされているのだ。二度と帰っては来ない出稼ぎだ。

「それはもう。このお邸は、迷宮なみの危険地帯でしたからね。歩けば抜ける床に、崩れる階段、いきなり雨漏りのはじまる天井」

「もう、安心して暮らせるよ」

「ありがたいことです」

この日、サリエルとハイネは、久しぶりに肉たっぷりのシチューを食べた。

大工の修繕が終わると、サリエルはハイネにいつものように頼まれた。

まずは、庭中の雑草をカマイタチで刈り取った。

雑草を乾燥させるのも風魔法ですぐ済んだ。

ついでに、乾いた雑草に火を付けるのもやらされた。

仕上げに、土魔法の「固化」を地面にかけて雑草が生えにくくしておいた。

胸くらいの高さまで生い茂っていた雑草が、見渡す限り綺麗な黒土の庭となった。

それから、ハイネと二人で、庭のデザインを考えながら敷石を敷き直した。

あくる日には、暖炉の修繕で多く出た古い赤煉瓦を敷き詰めて小道を作る。

見違えるほど立派な庭に生まれ変わった。

要らない石は砕いて砂利にしてから小道以外の前庭に敷いた。

「土魔法で石を砕くのもできるとは知りませんでした」

ハイネが感心した。

「土と石はお友達、ということだね」

「それはまた、詩的な表現ですね、土と石はお友達ですか。おかげで庭は、とても立派になりました。千年前のヴィオネ家が復活したようです」

「千年も前から廃れていたのか」

「魔導士に領地経営などできやしません」

「……はっきり言うね」

ここでの暮らしもすっかり慣れていった。

サリエルは、ハイネが見つけてきた「畑に土魔法を施す仕事」も始めた。

得意の土魔法を畑に注いで感謝される、というやり甲斐がある上に楽しい仕事だ。

ハイネは「近所の農家にサリエル様の自慢をほんの少ししましたら、ぜひにと頼まれまして」

と恐縮しているが、農家の主人は「ハイネ殿がサリエル様は土魔法の達人だと絶賛してたので」

と言っていた。

どうもうちの執事は、虚言癖があるようで心配だ。

土魔法の仕事をしているせいか、王宮で暮らしていた頃より魔力が上がった気がする。

そんな頃。

サリエルは、王宮から密かな連絡をもらった。

「ハイネ。赤ん坊が産まれたそうなので、迎えに行こうと思う」

「了解いたしました。隣のマリエ夫人に鶏の世話を頼んでありますので、参りましょう」

「……ハイネも行くつもりなのか」

「当たり前です。鉱山まで馬車で十日の距離ですよ。十日間も、サリエルさんは、赤ん坊の世話をしながら旅をできるのですか」

サリエルはすぐに無理と悟った。

「ハイネ、一緒に行ってくれ」

「もちろんでございます」

ハイネとサリエルが旅支度をしていると、邸の戸を叩く音がする。

ハイネが出ると、ひとりの騎士が立っていた。

「ジェス！　どうしたのだ」

サリエルは慌てて駆け寄った。

「お知り合いでございますか。応接間のほうへ……」

ハイネが中へ案内しようとするのをジェスは止めた。

「いえ、どうかお気遣いなく」

「ハイネ。ジェスは、元、私の護衛だった騎士だ。陛下の近衛に選ばれたのではなかったか」

サリエルは訝しげにジェスに視線を移した。

「殿下の推薦のおかげで陛下の護衛をさせていただいています」と、ジェスはきっちりと礼をし、

「サリエル様。鉱山の町に行かれると聞きました。お供いたします」

と、騎士らしい揺るぎない口調で申し出た。

「陛下の近衛が休むと言うのか」

「陛下も、供をしてやってくれ、と仰ってました。鉱山への道中には危険な道もございます。乳児と一緒では、動けないこともございましょう。どうか、お供させてください」

「それは……確かに、助かるが。私の判断ミスのために、ジェスに大怪我をさせてしまったと言うのに……」

「判断ミスなど、とんでもありません。適切だったと思います。それに、私は、あのままサリエル様のおそばにおりましたら即死していました。まず間違いなく、私はサリエル様の前に出ていたと思いますから」

それはそうだろう、とサリエルも思った。

あの配置だったがゆえに、ジェスは即死だけは免れた。

だが、兄が治癒したからジェスは死ななかっただけだ。

もっと早い段階でなんとかすべきだった。

令嬢たちの争いを甘く見た。

ゼラフィの凶悪さをわかっていなかった。

そう言い始めると、どこまで悔やんでも止められなくなるのだ。

サリエルは、とりあえず思考を止めた。

「護衛の費用などは十分には出せないのだ」

「存じておりますよ」

ジェスは微笑んだ。

サリエルの母の実家はとっくに没落していた。

財産などない。

王妃は人事に口出しをし、王宮で毛嫌いされていた。

国王は亡くなる前に、王妃のせいで被《こうむ》った損害を全て精算した。

病床でそれらは指示され、王妃はその頃にはすでに軟禁されていた。

そういった事情で、ヴィオネ伯爵家の立て直しは最低限の予算で行わなければならなかった。

サリエルは攻撃魔法はできないこともないが、さほど得意ではない。高齢のハイネと、帰りには赤ん坊が一緒だ。

背に腹は代えられない。

結局、ジェスに護衛を頼むことにした。

鉱山までの十日間の旅は順調だった。

三人は、案外、気が合ったようだ。

ハイネはさすが、あのヴィオネ伯爵家で長年、執事をやっていただけあって、細かいことは気にしない執事らしくない執事だった。

その上頼りになった。

ジェスは王妃の叔父が選んだ近衛ではなく国王がサリエルのために引き抜いた騎士で、腕は確かだった。

見るからに屈強で精悍というより強面に近い風貌で、おかげでひと睨みでおおよその安全を確保できる。

「顔だけで八割くらい護衛の任務を完遂できる方ですね」

とハイネが褒めるくらいだ——ハイネの褒め言葉にジェスは微妙な顔をしているが。

予定通り、十日後に鉱山の街に到着した。

幾つもの坑道があるが、条件の悪いところに罪人が使われている。

鉱山関係者の詰め所には関係者しか近づけないために、サリエルと護衛のジェスだけが向かう。

ハイネは宿で留守番だ。

あまり治安の良い街ではないため、なるべく速やかに用事を済ませ、速やかに出る予定だった。

詰め所に併設された小さな治癒院にふたりは案内された。入ってすぐの待合室のような応接間で椅子を勧められ、しばらく待っていると治癒士の女性が赤ん坊を抱いて来た。

中年過ぎの穏やかな雰囲気の治癒士だった。

治癒士が赤ん坊を大事そうに抱いている様子に、こんな環境ではあるがきちんと面倒を見てもらっていたのだとわかり安心した。

「本当は、もう少しでも母親のそばに置いてあげるのですけどね」

と、応接間らしき部屋で待っていたサリエルとジェスに、治癒士は、若干、言いにくそうに話しかけた。

「なにか問題でもあったのですか。母親の具合でも悪いのですか」

サリエルはあんな目に遭いはしたが、自分の子の母親だと思うと単純に切り捨てることもできなかった。感情的なものか、それとも子との血の繋がりを思えば本能的なものか。

子を産むのは、やはり大変なことだろう。

サリエルが尋ねると、治癒士は眉間に皺を寄せている。

「誤魔化さずに、正直にお伝えしますわ。ゼラフィさんは、まず元気ですわ。何もご心配は要りません」

治癒士の返答に、サリエルは安堵した。

治癒士は、さらに言葉を続けた。

「この可愛い小さな赤ちゃんを母親に抱かせてあげようとしましたら、赤ちゃんの髪が茶色なのを見て、『私の子ではない』と彼女は怒鳴ったのです。こんな茶色い髪のはずはない、と何度も叫ぶのです。間違いなく、ゼラフィさんの子ですわ。ここに、生まれたての子など、他にいないのですから。彼女の子で間違いはないと何度もお伝えしましたけれど、挙げ句にこの子を投げ捨てようとしましたので、もうそばに置いておけなかったのです」

サリエルとジェスは絶句した。

サリエルは、一瞬、頭が真っ白になり、何も考えられなかった。

二人が愕然として何も答えられないでいるうちに、治癒士は話を続けた。

「私は、ゼラフィさんのことはお名前しか知りませんわ。ここの決まりでそうなっているのです。罪状も、刑期も知らないのです。無心に治癒に専念できるようにです。ですが、もしも、ゼラフィさんが刑期を終えてお子さんと会われるときに気をつけてあげてください。いきなり、ふたりきりにしたりしないで、様子を見るようにしてほしいんです」

サリエルは、治癒士が何を案じているのかを知り、納得した。

「わかりました。気遣ってくれて感謝します。必ず気をつけます」

サリエルが小さく頭を下げると、治癒士はようやく安堵した顔になった。

それからサリエルたちは、治癒士から、赤ん坊のお包《くる》みや着替えや、布巾、おむつなどをもらった。男児だったので青や水色のものが選ばれている。

赤ん坊のために用意されたものだという。

サリエルがいつ来るのかわからなかったので、当面は困らないくらいのものがあった。

サリエルとジェスは赤ん坊の抱き方や注意すべきことなどをよく教わってから治癒院を後にした。

宿に戻ると、ハイネが待ち構えていた。

「お帰りなさいませ」

よほど楽しみにしていたのか、ノックとともにドアが開いた。

サリエルが抱いていた赤ん坊をハイネに渡すと、

「おお、これは、聡明そうな御子です。男の子ですかな？　非常に可愛らしい。旦那様似ですな」

と満面に笑みを浮かべる。

「こんな小さいのにわかるのか」

サリエルは思わず苦笑した。

「わかりますとも。目鼻立ちがはっきりしていますし、額の形が良いではありませんか。将来有望でしょう。育て甲斐がありますでしょう。劣等生だとて、余計に育て甲斐があるものですけれどね。男児は、わんぱくさを残しながら行儀を躾けるという話ですよ。もちろん、ヴィオネ家ですから魔法の修業も要るでしょう」

嬉しそうなハイネの様子に、サリエルとジェスの鬱屈した気分も晴れてきた。

夕食の準備をした。

三人は買ってきた料理で、赤ん坊はヤギの乳だ。

ハイネは、最初の頃は、頑なに一緒に食事をするのを断ったのだが、共に食事をしながら情報交換をしたいのだ、とサリエルは言い張って、今ではハイネもあまり抵抗しなくなった。

なにしろ、ふたりきりで暮らしているのに、別々に食事をするとお互いひとりきりなのだ。

寂しいではないか、とサリエルは思う。

もう、そういう暮らしは、王子時代にさんざん味わった。

サリエルは、ハイネに家族になってほしかった。

食事の前には、ハイネは、赤ん坊のお尻を浄化魔法で綺麗にし、手慣れた様子でおむつ替えをした。

「慣れてますな」

ジェスが感心した。

「お嬢様のお世話をしましたから」

「執事がか？」

「ヴィオネ家ですから。色々とあったのです。これくらいはできないとなりません。ところで、若様のお名前はお決めになられたのですか？」

「ルシアンにしようと思う」

「初代国王の名ですな」

とジェスが感慨深そうに呟く。

「魔力が高そうに思うので、あやかることにしたんだ」

「めでたいことです」

ハイネは微笑んであやしながら赤ん坊の世話を終わらせた。

食事ののち、サリエルは、治癒院で聞いたゼラフィの話をハイネに伝えた。

「それはそれは、ゼラフィお嬢様らしいですな」

ハイネは寂しげだ。

「そうか」

彼女らしいのか、とサリエルはうんざりと思った。

「ゼラフィお嬢様がノエル様を虐めた理由は、ご自分の髪よりも、ノエル様の髪のほうが目立って生意気だから、ですから。殺しかねない虐め方でした。ノエル様の髪は、可愛らしい金色の巻き毛でしたから」

サリエルとジェスは、またも絶句した。

「言い訳をさせていただきますと、ゼラフィお嬢様をお育てになったのは、旦那様と奥様です。後継だからと、可愛がり放題でした。ノエルお嬢様は、それでなくとも娘は持参金がかかるからと、旦那様たちは忌々しく思われていたのです。お小さい頃は、ノエル様の世話係は、使えない侍女があてがわれていたものですから、私がお世話させていただくこともございました。ですが、性悪の親がついているよりも、いないほうがいいときもございます。ゼラフィ様に関しては、あのご夫妻に甘やかされたのと、そもそもの気性の荒さと、いろんな要因があったわけです。子は親の背を見て育つと申します。サリエル様なら、何ら心配ございません」

ハイネはにこりと笑った。

◇◇◇

四年後。

「ルシアン様。お野菜はもっと優しくしないといけませんよ」

ハイネは、ナスを無理やりちぎろうとするルシアンの手をそっと止めた。

「ハイネ。じゃぁ、はさみ、かちて」

「畑用のはさみは危ないので、五歳になるまでは使ってはいけないお約束です。ルシアン様は、こちらの果物をちぎってください。もう食べ頃ですよ」

ハイネは、ルシアンでも収穫できるベリーの小果樹のほうへと歩いていく。

「とぅたまは、まだかえらない？」

「お父様は、今日は、少し遠い畑なのですよ。ですが、そろそろかもしれませんね。お耳を澄ませてみてください」

「うん」

ルシアンは言われたままに耳に注意を向ける。

と、遠くから蹄の音が微かに聞こえてくる。

早馬のような足音はすぐに大きくなった。

間も無く、サリエルが姿を現した。

「ルシアン、良い子にしていたか」

「とぅたま、おかえりなさい」

サリエルは駆け寄るルシアンをひょいと抱き上げた。

「ハイネ、畑仕事は腰を悪くするからやめなさいと言ってるのに」

「だいぶ良くなりました。さすが、サリエル様の土魔法の野菜です。若返ったようです」

「そう言って、すぐに無理をするから」

サリエルは苦笑した。

「いえいえ、本当ですよ。そのキビを食べさせていただいてから、軋むような節々がすっかり癒えましてね。高値で売れるかもしれませんよ」

「体に良いのならハイネが食べればいい。金には困らなくなったからね」

サリエルは、近隣の農地に呼ばれて土魔法を施す仕事をしている。

サリエルの土魔法の腕が良いと、収穫が倍くらいにも上がると有名になってから、毎日のようにあちこちに呼ばれる。

おかげで、すっかり暮らしが楽だ。ルシアンの家庭教師もつけられそうだ。

マナーはハイネが教えるのでも良さそうだし、初等部くらいの勉強と魔導の指導はサリエルが教えるつもりだが、剣術などは悩みどころだ。

来年にはルシアンの魔力鑑定だが、どんな結果になるか楽しみだ。

邸へと歩いていると、ハイネが「体に良い」と言っていたキビの畑が目に入った。

――野菜が輝いている？

ほんのりと瞬いて見える。暖かそうな、柔らかな光だ。

――魔力、か？

ふと、記憶が過《よぎ》った。

ハイネが神経痛で、寝込んでいた時だ。

半月くらいも前か。

ルシアンが心配していた。

ハイネ、死んじゃうの？　と泣くので、すぐに治るからと言い聞かせた。

ハイネの好きなキビが獲れる頃には、元気だよと。

ルシアンは、キビが早く獲れるようにと、「はやくみのってハイネをなおして」と、毎日、キビに言い聞かせていたのだ。

サリエルは思い返しながら、すっかり元気になって歩くハイネと我が子のふたりの後ろ姿を見つめていた。

書き下ろし短編

書き下ろし短編　魔導士の恋

『肥料をあげなくても水をやり忘れても、花が咲き実がなる植木鉢があったらいいな』

そんな思い付きを叶えるために、今日もノエルは訓練場へ向かう。

付与魔法の重ね掛けで、植木鉢に土魔法の「滋養」と水魔法の「水の生成」機能を付ける。植物には栄養のやりすぎも、水のやりすぎもよくないので加減が難しい。

「ノエル、どうした？　そんな険しい顔をしていると植えた花がしぼみそうだよ」

アルノールに声をかけられ、ノエルは自分が物思いに沈み込んでいたことに気づき顔を上げた。

「す、すみません、つい」

ノエルは慌てて手元の植木鉢に注意を戻す。

「体調でも悪いのかい？」

アルノールに心配そうに顔を覗き込まれ、ノエルは見惚れそうになった。

――ロシェ先生って格好良いのよね。だからエリーザなんかに目を付けられるのよ。

ノエルは一週間ほど前に偶然、エリーザと彼女の友人との会話を聞いてしまった。

『ロシェ先生ってお顔をよく見るとすんごい美形なのよ、知ってた？』

『高等部の先生よね？　あまりお会いする機会がないわ。目立つ先生ではないわよね』

『茶色い髪と目だからよ。あんまり人気ないじゃない？　地味な色だから。でも国立学園の先生だし。狙い目よね』

失礼極まりない会話だ。聞き覚えのある声ですぐにわかった。そっと覗いて確認もした。

――エリーザ・コリンズ。エリーザは、ディアンに惚れてたんじゃないの？

エリーザが侯爵令息ディアンに惚れて振られたのは有名な話だ。同学年の女子で知らない者はいない。お喋りな友人にエリーザが愚痴ったために明くる日には学園中で昼食時の話題になったのだ。

ここ最近、訓練に集中できないのはエリーザのせいだった。

ノエルとの訓練を早めに切り上げたのち、アルノールはセオ教授の研究室に向かった。偶然、ロベールも居合わせた。

「おや、もう訓練は終わりかい？」

セオ教授に尋ねられ、

「兄上、こんな時間に珍しいな」

と、ロベールにも言われた。ロベールがいたのは想定外だった。アルノールはしばし躊躇したが彼からも情報を得ることにした。情報源は多いほど良い。

「ここ最近、ノエルが訓練中に上の空なんだ。なにか悩みがあるみたいなのだが、本人にそれとなく尋ねてもわからなくてね」

アルノールは我知らず、物憂げな顔になっていた。

「なるほどねぇ」

ロベールが楽しげににやついている。

「……なぜ嬉しそうなんだ」

「いや、別に。そうだなぁ」

とロベールは記憶を辿り、ふと思い出した。

「そういえば、ブラドが二日くらい前にノエルを見かけて、様子が気になったと言っていたな」

ブラドはロベールの護衛だが、ノエルになにかあれば国家の損失ゆえにノエルにも気を配っている。

「どんな？」

「人の後をつけていた」

「誰の？」

つい詰問するような口調になる。

「エリーザとかいう女子学生」

「エリーザ・コリンズか」

抑えようもなく眉間に皺が寄った。

「彼女がどうかしたのか」

セオが訝しげにアルノールを見た。

「なぜか急に、私に恋文らしきものを届けるようになった女子ですよ」

アルノールは渋々答えた。


魔導士はどこか拗《こじ》れている。自分の内に万物の根源に近い力が宿っていて、それを制御しなければならないのだから、自分自身が精巧な導具のような感覚に囚われることがある。力に翻弄される空虚な導具だ。時折、信頼する誰かに縋りつきたくなるのは魔導士もそうでない人も同じかもしれないが。

　例えば庇って助けてくれた恩師が無性に大事に思えてならない。おまけにノエルは家庭環境が劣悪だったから、余計に今の安寧を護りたいという気持ちが強かった。

　ノエルはエリーザが気になって仕方なかった。

　案の定、エリーザはアルノールに近づき始めた。わざわざ高等部の学舎に行って待ち伏せし、手紙を渡したり昼食に誘おうとしている。なぜ知っているかといえばノエルが探っているからだ。気づかれないで探るために新たな魔法を習得した。風魔法の盗み聞きは以前から使っていたが、そのレベルを上げた。風魔法の「印付け」は特定の個人の魔力を覚えてそれを追えるようにするものだ。かなり難易度が高かった。個人の魔力を感じることは、できる人とできない人とでキッパリと分かれる。ノエルは幸い感じられる魔道士だった。

　個人の魔力を明瞭に思い浮かべながら風魔法を発動し、さらにターゲットとなる魔力の持ち主に向かわせる。言葉にすると簡単だが、幾つもの作業を同時進行で集中して行うのだから大変だ。ノエルは必死にやってのけた。毎日この風魔法を使っているうちに熟練していった。

　エリーザがアルノールを昼食に誘うと言った日には先回りをしてアルノールに声をかけ、「質問があります！」といつもの訓練場へ誘い込んで買ってきたパンを一緒に食べた。アルノールに本当に質問をするために難解な魔導の本を読み漁った。

　ノエルの努力のかいあって、エリーザは今のところアルノールを昼食に誘うことはできないでいる。手紙を渡すのは阻止できていないが、色よい返事がないことは知っている。

　そんな日々が続いて、親友のライザにきかれた。

「ノエル、あなた、なにやってんのよ？」

「べ、別に、なんでも……」

「なんでもないとか言わないでよ。明らかにおかしいんだから」

　そりゃそうだろう、とノエル自身も思う。休み時間のたびに怪しげな風魔法を発動させてじっとしているし、そうかと思えば授業が終わって昼休みになったとたん、足に身体強化を発動させて突風のように走っていく。おかしいに決まってる。どう見てもおかしい。

　――もう、誤魔化すのなんて無理よね。

　ノエルは白状することにした。

「実はね。エリーザが高等部の先生を狙ってる、って知ってね」

「狙ってるって、恋愛的なやつね」

「そう。それで、私、狙われてる先生を助けたいと思って」

「ぷっ」と、ライザが思わず吹き出して笑った。

「……なんで笑うかな」

「ノエル、その先生が好きなのね」

「え？」

「だって。そうでなかったら、なんで邪魔するの？　エリーザは性格はどうあれ、家は金持ちよ。コリンズ伯爵家はなかなかの遣り手で、領地運営も商会の経営もうまくてね」

「そ、それは、そうとしても。やっぱ、あのエリーザじゃ駄目よ」

「なるほどねぇ」

ライザはにやにやと嫌な笑いをしていたが、「じゃあね、良い方法があるわよ」と言い出した。

「良い方法？　そんなのあるの？」

ノエルは身を乗り出した。

「あるある。あのね、ノエルがその先生にぴったりくっついてイチャイチャしてるところを見せてやるのよ」

「えぇぇ？　む、無理でしょ、そんなの」

「あのねぇ、ノエル。とにかく、その先生が好きなんでしょ？」

「いや、まぁ。えっと。あのミシェリー教授の手伝いで、補佐してくれてる先生っていうか」

アルノールが訓練を担当していることは秘密だが、間接的に関わっていると言うくらいなら問題なかった。

「ふぅん。それで頻繁に会っているうちに好きになってしまった、と」

ライザが訳知り顔でそんな解説を勝手にしている。

「ち、ちがうって。だって。私なんかがおこがましいでしょ。無理でしょ」

「まぁそういうことにしておきましょ。でも、親しくはしてるんでしょ？　そうしたら真相はともかく、傍目に仲よさそうに見えるよう、ちょっとくっついていればいいわよ。その様子を見せつけてやるだけで、きっとエリーザは手を引くわ」

「そんな簡単に？」

ノエルは不審げに眉をひそめた。

「だって、半年前に卒業した先輩にエリーザは言い寄ってたのよ？　それでそっちが駄目になって半年もしないうちに新しいターゲットを見つけたわけでしょ」

「えぇ？　そんな気が多いの？　エリーザって」

「駄目になってから次に移ってるんだから、良いほうじゃない？」

ライザが肩をすくめる。

「わかったわ！　イチャイチャ作戦、いきます！」

ノエルは手を挙げて宣言した。

「頑張ってね」

ライザは、エリーザは良い当て馬になるわね、とほくそ笑んで頷いた。

――そうだわ、もしまたエリーザが変な噂を流そうとしたら返り討ちにしてあげようかな。

ノエルがディアンに絡まれてエリーザに「ビッチ」と噂された件はノエルも迂闊だったが、ディアンのことには触れずにノエルばかりが悪く言われていたのだから。


数日後。

ノエルはなかなか作戦が遂行できずにいた。ただの教師と生徒の間柄であるふたりがイチャイチャなどできるわけがなかった。でも、放ってはおけないので今日もノエルは走っていた。

教室を出るのが遅れたので売店に行く余裕はなかったが、エリーザがアルノールを誘うことはわかっている。アルノールを他に避難させなければならない。

丁度良く、高等部の学舎からアルノールが出てくるところを見つけた。

「良かった、ロシェ先生！」

「ノエル。慌ててどうした？　また質問かい？」

アルノールの手前で急停止したノエルは、はぁはぁと息切れを起こしながら、「そうです！」と答え、「こちらに来てください！」と彼の手を引く。

「……今日は、昼食を用意してないようだが。食堂に行かないのかい？」

「食堂はまたの機会に！」

「そう」

「あ、こっちは駄目です」

中等部の学舎への経路を行こうとするアルノールをノエルは手を引いて止めた。

「……どうしてかな？」

「う、占いで！　占いでこっちは凶と出ましたので！」

「そう……」

ノエルの視線の端にエリーザが見えた。

――マズい！

「だから、こっちへ……」と、方向を変えようとしてノエルはつんのめった。

「危ない！」

アルノールの腕に引かれノエルは抱き留められた。

「ほら、慌てない。転ぶだろう」

アルノールはノエルを抱き起こすようにしながら、つい柔らかそうなノエルの金の巻き毛に手が触れ、その滑らかさと柔らかさにうっかり撫でてしまった。

――あ、あれはコリンズ嬢か。見られたかな、まぁいいか。変な手紙をずいぶんくれたけど答えようがないしな。

と、腕の中の小柄な少女に愛しげな笑みを向ける。肝心のノエルは気づいていなかったが。

エリーザはその様子をしっかりと目撃してしまった。ノエルに邪魔をされたことには苛立ったが、アルノールにほとんど近づけなかったこともありあきらめるのは早かった。

「ノエルったら！　高等部の教師と抱き合ってたのよ！」

と噂が流れノエルは頭を抱えることとなった。

アルノールは噂のことは本音では気にしていなかった。これでノエルに虫がつかないなら望むところだ。ただ、ノエルが悩んでいるのは気になった。本当に抱き合っていたのならまだしも、冤罪だ。

けれど、ライザが手を打っておいたおかげで、すぐに噂は違う方向に逸れていった。

「エリーザったら、まーた振られたみたいよ。それで、また変な噂を流すのを憂さ晴らしにやってるみたい」

書き下ろし短編　遅咲きの恋の行方は……魔女の夜の月

「カップルが大量に出来上がる日」というものが年に何回かある。

夏至祭り、収穫祭、花祭り、冬至祭り。それぞれ日頃の感謝や想いを込めて贈り物をする慣わしがあり、意中の相手に告白する日にもなっている。贈り物の定番は花や菓子や果実酒などだ。

秋の収穫祭では菓子を贈る。地域にもよるが、王都では白い砂糖衣で飾った焼き菓子と昔から決まっていた。

素朴な雑穀のビスケットに甘い砂糖衣をかけた菓子をアルノールはそこそこ好きだった。見た目ほどは甘くない。雑穀の香ばしさに砂糖衣が合う気がする。

最近、同僚たちが浮かれている。収穫祭が近いからだろう。まだ婚約の決まっていない同期は昨日は髪を整髪に行ったらしい。

「彼女との仲を深める記念すべき祭りにする予定だ」

と、やたら鼻息が荒い。

「まぁ、頑張れ」

アルノール・ロシェはぼんやりと気のない声をかけた。

収穫祭が近づくと思い出す物語がある。

月夜の伝説は幻想的だ。

その物語を見かけたのは学生時代のいつだったか。もう五年くらいは経つ。古い書物を手にしたときに、熱心に学んだ古代語を長らく見てもいなかったことを思い出した。

偶然、選んだ古ぼけた本は古代語で書かれていた。

黄ばんだページをめくった。

久しぶりに古代語の記憶を蘇らせながら読み進めると、それは伝説のような物語だった。

『秋分から一つ目の満月の夜。

その日は「結界の魔女」の誕生日だった。

本当は、魔女は誕生日など知らない。魔女の親は彼女の誕生日など興味はなかった。ただ、そのくらいの日に生まれたと聞いたことがあったので、魔女は自分の誕生日は秋分から一つ目の満月と決めた。

その頃の王は「兄王を殺した弟が王位についた」と噂されていた。

どうしてそんな噂が流れているのか。王都の中央から漏れて流れた噂がこんな田舎町まで辿り着いたんだという。

魔獣が増えた森に手を焼きながら、不安で不愉快で不確かな噂を聞いて、町の者は誰も余計に不安になった。

結界の魔女は町を守り、守りすぎて魔力切れを起こし、魔獣の爪に腕を裂かれた。

ふらふらの状態で痛む腕をもう片方の手で掴み町に戻った頃、王が亡くなったと報せがあった。

王の甥が王位につくと魔獣は潮が引くようにいなくなった。

魔女はようやく休んだ。腕も駄目になったのでそれを理由にして引退した。

久しぶりに仕事をしないでくつろいだ誕生日。

魔女は町を守り魔獣にやられた男たちに祈りを捧げ果実酒を飲む。

魔女の想い人は三年も前に死んだ。魔獣が増えて、毎年さらに増えて、誰もが疲弊していた頃。

恋人は、髪が一房しか戻ってこなかった。

まだ意地っ張りの魔女は想いを告げていなかったのだから世間的には恋人と言っていいかは知らないが魔女の心の中では恋人だった。

魔女は孤独に焼き菓子を作り、勝手な伝説をなすりつけて祭りの店で売る。

雑穀の少しほろ苦い焼き菓子に、甘ったるい砂糖衣で飾り付ける。

あの大柄で屈強だった恋人を雑穀の焼き菓子に見立て、色白の魔女を砂糖衣に見立てて。

千枚の焼き菓子を売ろう。

毎年の収穫祭で。

「恋人に想いを打ち明けるときに贈るんだよ」と言い添えて。

何人もの人に売った。物語を語りながら売った。

百人に、千人に、一万人に売り語った。

そうして、もしもいつか千人の想い人が魔女のレシピの焼き菓子で恋人になれたなら。

魔女は恋人と共に生まれ変わり、ようやく結ばれることができる。

魔女は魔女の願掛けを込めて物語を語り続けた』

そんな伝説は初耳だった。

本には年代が書かれていなかった。普通は出版年月日を記すものだろう。落丁本なのか。

収穫祭の日には砂糖衣をまぶした菓子が売られるが、語られている伝説は違う。

昔、続け様に起こった飢饉で穀物が実らなかった頃。

飢饉に強い雑穀しか食べるものがなかった。

収穫祭の日にも、手に入る材料で供物の菓子を作るしかなかった。

せめて楓《かえで》の蜜で甘くして供えものにした。楓は飢饉の時にも蜜をもたらしてくれた。

なぜ白い砂糖衣が使われるのかというと、言い伝えの楓は半魔獣、つまり半分植物型魔獣の楓だった。

蜜が白くどろっとしている。軽く火にかけて溶かし均質化させてから食用とする。

焼き菓子に使うときは生地に混ぜるのではなく、焼き上がった菓子にとろりとかけて白く飾った。


——一体、どちらが本当の伝説だ?

いや、広く知られているのが本物と考えるべきだ。

だが、知られているから真実とは限らない。真実はどちらだろう。

——想う相手に焼き菓子を贈る、と言う慣習が深く残っていることを考えると、魔女と狩人の伝説の方が「知られている」と考えられるのか。

収穫祭の後の満月は「魔女の夜」と呼ぶし……。

その符合もまた気になる。

だが、辻褄の合わないところがある。兄王を殺して弟が王位についた、という史実がアンゼルア王国の歴史の中には存在しないのだ。よほど昔に隠されたそういう真実があったというのだろうか。それとも本で読んだ月夜の伝説はアンゼルア王国のものではなかったのか。

他国の話であればそもそも関係はないし、我が国の昔話なら長い年月の間に千人くらいの想い人たちはとうに恋人になっているだろう。

魔女と狩人は、そのたびに生まれ変わり、添い遂げる夫婦になったのだろうか。

ざわりと胸が騒ぐ。

私の想い人は……と脳裏をよぎるのはひとりの少女。

もはや自分の心を誤魔化すことなどできず、アルノールは恋を自覚していた。

――ノエルは祭りはどうするのかな。

思えばこれまで真摯に恋愛などしたことがなかった……と、上の空で答案用紙のチェックをする。

恋愛をしにくい自分の立場ゆえに仕方がなかった。おかげで慣れていない。

まるで初恋もまだの少年のごとく不慣れだ。

――ノエルはあの男子と過ごす……のかもしれない。

胸が息苦しくなる。

ノエルに親しい男子学生がいることは知っている。何度かふたりでいるところを見掛けたことがある。

ディアン・ルロワという侯爵子息だ。焦げ茶色のサラリとした髪に紺色の瞳をした美男だ。モテるらしい。見るからにモテそうだ。

ノエルに限らず女子学生と親しげにしている姿をよく見る学生なので、男性教師からはあまりよく思われていない。そんなことで差別をしたりはしないし、注意をするほどでもないが単なる心証の話だ。

教師といえども人間の男であれば感情はある。ゆえに「女誑しを良く思え」と言われても無理なだけだ。

アルノールは幸い高等部の教師で、現在中等部三年のノエルたちを直接指導はしない。もしも指導する立場であっても公平に採点する自信はある。ただ、時折、言葉がきつくなったりくらいはするかもしれない。


昼休み。

アルノールは売店に向かった。

国立学園には食堂は四カ所ある。職員用の食堂は古く小さい。そのかわり開いている時間が長い。仕事で食事が不規則になる職員に配慮している。

それから学生用の食堂だ。初等部、中等部、高等部の学舎にそれぞれひとつずつある。

職員はどこの食堂でも食べて良いことになっている。

アルノールは、以前は職員の食堂と高等部の食堂と半々だった。

今は、もっぱら売店でサラダと焼いた肉や魚を挟んだパンを買う。

昼食を入れた袋を持って中庭へと歩く。運よくベンチが空いていた。

袋を開けながら辺りを見回した。ノエルは近くにいないようだ。

——今日は食堂か……。

気になるときほど姿を見ない。落胆しかけたときに、視線の端に金の巻き毛を見つけた。友人のライザも一緒だった。

——収穫祭の予定でも話しているかもしれない……。

そう思うと、つい聞き耳を立てたくなる。

さりげなく風魔法を発動、魔力を纏った風が流れていく。

風に乗って音が集まる。学生たちの会話を聞き飛ばしていく。

情報は集めるより篩《ふる》い分けするほうが難しい。

聴覚と、流れ込む情報に意識を集中させる。

——見つけた。

聞き取れた、と言うべきか。

『収穫祭前って、なんか学園中が頭おかしくなってるわよね』

ノエルの声だ。

『その言い方！』

ノエルの友人、ライザの声。

『早くも祭りボケって言うか』

『まぁ、否定はしないけどね。ノエル、収穫祭、どうする？』

声とともに昼食の袋を開ける音がする。

天気の良い日はふたりがしばしば中庭のベンチで昼を食べるのは知っている。花壇の花を眺めながらの昼食は確かに気分が良い。

『どうもしないわ。だって、お金ないし』

『もぅーだから、お金節約しなさいって言ったでしょ』

『どうしてもあの参考書が欲しかったんだもん』

『男の子に誘われたんでしょ？』

アルノールは思わずパンの袋を落としかけて慌てて掴み直した。

『ただ屋台を一緒に見て歩こうって言われただけ』

『アホの子なの？　それが誘われたって言うのよ！』

ライザの声が呆れている。

『……ごく軽い誘いよ』

『慣れたフリをするのが男心って言うのよ！』

『なんなの？　その男心って。慣れたフリする意味がわかんないわ』

『女を誘うのに慣れてるフリをするのよ、モテる男と思われたいから』

『えー。女がそれやったらビッチって言われそうなのに、男はわざわざフリするわけ？』

『モテる男、すなわち良い男じゃないの。だからよ』

アルノールはライザが「アホの子」と言った意味がなんとなくわかった。

ノエルは男心をわからないにも程がある。

男がモテる男を気取りたいなんて、常識だろう。

かくいうアルノールは、以前はそんなことは馬鹿げていると思っていた。小細工を使わなければ得られない恋人など要らない、どうでも良い、面倒臭い。そう思っていた。

――それが、わざわざ中庭で風魔法を使っている……。

我ながら情けないんじゃないかと思うが気になって仕方ない。

袋をがさがささせているのはどちらだろう。どちらもか。

アルノールも一緒に昼を食べる。

結局、ノエルがどう収穫祭を過ごすのかわからなかった。

◇◇◇

魔女の夜になったら月を見に行こう。

もうすぐ「魔女の夜」と呼ばれる月夜。

秋分を過ぎてひとつ目の満月は特別だ。

その前に、秋分の日には収穫祭がある。収穫祭の日、ノエルは想い人に手作り焼き菓子をプレゼントするつもりだった。

手作り菓子の贈り物は「あなたが好きです」という告白らしい。

恋人になれたら一緒に月を見に行けるかもしれないが、それは、もしも万が一、叶ったとしてもずっと先だ。

――中等部の十五歳の小娘と、高等部の教師がデートする……どう考えてもありえない。

でも、ひとりでも特別な月は見てみたい。

秋分を過ぎたばかりの月夜が特別だなんて、子供でも知っている話さえノエルは知らなかった。

ここに来てようやくみんなが知っている常識を一つ一つ覚えていっている。

よっし見に行こう、と拳を握っていると、

「ねぇ、筋肉を見に行かない？」

ライザに誘われた。

「なんなの筋肉って……」

訊いたところ、騎士科の学生たちの見事な筋肉。筋肉と筋肉がぶつかり合う様を見てスカッとしたい、とライザは言う。

暑苦しくなるだけのような気もしたが、いつも世話になっているライザの頼みだ。やむなく頷いた。

「今日は、貴重なのよ。なにしろ、体術の試合なんだから！」

興奮した様子のライザ。ふたり連れ添って訓練場に向かって歩いていた。

「ふぅん」

ノエルには筋肉の良さはわからない。わからないけれど、ライザの興奮の様子がどこか不自然なのはわかる。

「ライザ、どうしたの？　何か憂さ晴らししたくなることがあったの？」

ノエルが尋ねるとライザは、ふぅ、とため息をついた。

「バレた？　侯爵家に嫁いだ叔母がいるのよ。しつこいの、私に婚約者を紹介してきて」

「うわ、侯爵家？」

ライザの家は子爵家だ。断りにくいだろう。

「よほど良い家の子息だったらまだしも。いかにも遊んでるみたいな奴。いつも叔母が押し付けてくるのって、そんなのばかりよ。姉はなんとか逃げられたわ。良いところに嫁げたの。でも、おかげで私のところに叔母の紹介が全部くるようになったのよ」

ライザの声には怒りがこもっていた。

「なんでそんな変な相手ばかりを押し付けてくるの？」

苛立って早歩きのライザにノエルは必死についていく。

それでなくとも、ライザのほうが足が長い。

「付き合いがあるみたい。叔母は美人だけど付き合う貴族が軽薄なのばかりなのよ。おまけにしつこくって。叔母の人柄がわかるでしょ？」

「ライザ。可哀想に」

酷い話だ、とノエルは思う。

「ホントよ！」

「女癖が悪いのならそれを理由にやめられないの？」

「証拠があればね。今のところ、私の印象でしかないわ。父は案外、気に入ってる様子なのよ」

「ねぇ、でも、もうすぐ収穫祭よね。もしもライザの勘が正しければ他の女とデートするんじゃない？　その現場を押さえたらどう？」

ノエルは必死に考えながら言ってみた。

「それがね、そういうのも考えたんだけど。クソ叔母が、収穫祭の日にそいつと私をデートさせようとしてて！」

「仮病で休んだら？　そうしたら、きっと他の女のところに行くわ」

「……仮病ねぇ。収穫祭の日に閉じこもってるのはつまんないけど。それもいいわね」

ライザはノエルの提案をじっくり考え始めた。良い案のような気がする。

相手の男をずっと見張るのは流石に無理でも、収穫祭の日限定なら張り込みをしてくれる人間を雇えるだろう。

「家に閉じこもるんなら、私、ライザに付き合うわよ」

「馬鹿ねぇ。私に遠慮なく遊びに行ってきなさいよ。友達と遊べるんならデートできるでしょ！って叔母に言われるのがオチだし」

ライザは、優しい友人の額をちょんっと指先で突いた。

「そ、そっか」

「ノエルの案でやってみるわ、ありがと」

「ううん、これくらい。成功を祈ってる」

——でも、どちらにしろ、収穫祭の日はライザとは過ごせないのね……。


収穫祭の前日。

メリソン家の馬車は今日はひとりの乗客が多かった。

ライザは落ち着きのないノエルの様子をちらりと横目で見た。

「どうしたのよ、ノエル。うちに来るのは初めてじゃないでしょ」

ライザはノエルを連れてメリソン家の邸に向かっていた。

「そうなんだけど。なんか、悪くて」

「遠慮は要らないわよ、このくらい」

「だって、お夕食の支度の邪魔じゃないかしら」

「平気よ。うちの調理場は広いもの。調理台の端で焼き菓子の生地を作ってほんの二十分くらい、焼くだけでしょ」

「そうだけど……」

「それに、二日も前に伝えておいたから、うまく空けてくれてるわよ」

「ごめんね。キッチンの人にお礼するわ」

「しなくていいわ。ホントに。私の友達なんだから」

「ありがと」

ノエルは、もっと早く寮のキッチンを予約しておくべきだった、と今更ながら思った。

寮にはキッチンがあり寮担当の料理人が寮生の食事を作っている。朝と晩には寮の食堂で食事が出る。休日は予約制だが、やはり朝晩だけは食事が食べられる。

そんなわけで、寮のキッチンは他の時間帯は空いている。予約をしておけばオーブンを使わせて貰える。生地をあらかじめ作っておいて焼くだけなら時間もかからない。

ところが、収穫祭の前日は、手作りの焼き菓子を作りたい寮生が大勢予約をしたためにもういっぱいだった。毎年そうらしい。ノエルは知らなかった。おかげでライザに頼ることになった。

「ノエルったら。材料は買いそろえたくせに、キッチンの予約はしてなかったなんてね」

ノエルは美味しいと評判の雑穀の粉を注文して用意していた。収穫祭の焼き菓子用の粉で健康にも良い特別製らしい。卵と楓蜜も買った。伝統の通りに、植物型魔獣の楓蜜だ。香りの良い木の実油と砂糖とふくらし粉もある。材料は完璧だ。

　図書室で見つけた伝統的な焼き菓子のレシピは熟読した。

「……思いつかなかったのよ。貴族のご令嬢が多いんだもの。手作り菓子を作る子がそんなに多いと思わないじゃない」

「まぁ、普段は多くはないかもね。でも、収穫祭前は特別よ」

　そんなわけで、オーブンは予約で埋まっていた。

「それで、ノエルは菓子とか作ったことあるの？」

　ライザが何気なく尋ねた。

「ないわ。お茶をいれたことさえ数回しかないの」

　ノエルが若干、言いにくそうに答えた。

「はぁ？　それでいきなり、告白用焼き菓子？」

「告白用ってもろに言わないでよ、恥ずかしいでしょ。マズいかしら。最初、レシピ読んだときに『ボール』がなにかとかわからなかったから、百科事典引きながら読んだの」

「そこであきらめないだけ偉いわ」

　不屈の精神は褒めておく。

「挿絵付きのレシピを探したの。百回は読んだわ。頭の中で百回はビスケットを作ったのよ」

「頭の中だけならうまくできたでしょうね」

　ライザが半ば呆れながら言う。

「たぶん……。切るように混ぜるとか、もったりするまで泡立てるとか、専門用語がちょっとわからなかったりしたけど」

「それ、頭の中でも成功してないわ」

「う……」

——でも、なんとしても成功させなきゃ。

すでにアルノール・ロシェ教師とは約束していた。

三日前に付与魔法の練習をしたときに、収穫祭の日は予定があるか尋ねたのだ。

アルノールは連休明けに返す課題のチェックが溜まっているので学園に来ると聞いている。ノエルは丁度良かったので「渡したいものがあるんです」と伝えた。

——最悪の場合は朝のうちに買いに行く手もあるけど……。

三百枚くらいは焼き菓子が作れる量の材料は買ってある。

せめて三枚くらいは成功させたい。

メリソン家に到着し、ライザにキッチンへと案内してもらった。

ライザの言う通り立派な調理場だ。広くておまけに綺麗だ。収納庫がたくさんあり、調理台も大きくて使いやすそうだ。見るからに最新式の調理器具もずらりとそろっている。オーブンも大きいのと小ぶりのとふたつある。

邸の料理人たちはすでに夕食の支度を終えて後は仕上げたり盛り付けるだけになっていた。

これなら隅で焼き菓子の生地を作るくらいなら邪魔でもなさそうだ。

「ビスケットを作るそうですね」

料理長が声をかけてくれた。

「は、はい、すみません、邪魔してしまって」

ノエルは恐縮した。

「何も問題ないですよ、どうぞそちらの調理台を使ってください」

見ると、小さめの調理台がある。ボールや泡立て器やヘラなども用意されていた。

「ありがとうございます」

ノエルはビスケットの材料が入った袋を担いでいそいそとそちらに向かった。

まずはエプロンを着けて手を洗い清め、ボールに台秤で測った材料を入れる。この辺りはレシピを百回も読んだので手慣れた感じにできた。

ライザも安心して見ていられた。

「えっと。粉ふるいで粉をふるう……」

と言いながらノエルが粉ふるいを目で探す。

「これよ」とライザが指さして教える。

「え？　もしかして、レシピの挿絵より最新式？」

ノエルはピカピカの粉ふるいを恐る恐る手に取った。

「まぁ、そうかもね。簡単よ。魔力を注いで稼働させて、粉を入れれば勝手にふるいにかけてくれる」

「すごいわ、さすがメリソン家」

ノエルの声が思わず興奮で上ずる。

「いや、これくらいでメリソン家と言われても……」

ライザが苦笑し、横で料理長も笑いを堪えた。

最新式の調理器具のおかげで粉ふるいは簡単かつ速やかにできた。

次は木の実油に砂糖少々を入れて泡立て器で「もったりするまでかき混ぜる」という作業だ。

「この『もったりするまで』と言うのがわからなくて」

ノエルが自信なげに呟く。

「クリーム状になるまでかき混ぜれば良いのですよ。少し手間がかかりますが。さっくり軽いビスケットのためには必要な作業ですね」

「な、なるほど」

「ねぇ、ノエル。なんだか妙に量が多いような気がするんだけど……」

ノエルが量り入れた木の実油は特大のボールになみなみと入っている。

「百個分。失敗した時のために多めに作ろうかと思って」

「……何個プレゼントするの？」

「最低でも三個」

「最低すぎるでしょ。どんだけの大きさの三個よ」

「いや、あくまで最低っていうか……」

「お嬢様がた、とにかく作業をしましょう」

料理長が建設的な提案をする。

「そうね……。ノエル、この量の木の実油を泡立て器でかき回すの、すんごい大変よ」

「身体強化魔法を使うわ」

ノエルは腕まくりをして泡立て器を握りしめた。

「騎士の魔法ではありませんか」

料理長が思わずノエルの細腕を凝視した。

「料理長、見本を見せてやって。ノエルは身体強化で泡立て器を壊さないように」

「細心の注意を払うわ。任せて！　魔力制御は学年一位なんだから」

「お菓子作りしてる気がしないわ……」

料理長が見本を見せた。ノエルは腕に思い切り身体強化をかける。宣言通り細心の注意を払って魔力制御をし、腕や手を固定してぶれないようにすると目にも留まらぬ速さで木の実油をかき回した。おかげで大量の木の実油が速やかにクリーム状になった。キッチンには木の実油の良い匂いが漂った。ノエルは最高級の木の実油を買っていたので甘くこってりとした美味しそうな匂いだ。

料理長に指導を受けながら粉を入れ、「切るように混ぜる」というのもなんとか上手くやれた。できあがった生地を成形する。麺棒で優しく伸して可愛らしい形に抜き型で抜いていく。

ライザは天板を用意してくれた。

「ありがとう、ライザ。初めての割にはうまくできてる感じがするわ」

「ホントね。でも最後まで気を抜かないでよ」

「頑張るわ」

あと一息だった。

ノエルはオーブンの様子を何度も見ながら、楓蜜を火にかける。

「とろ火よ。焦がしたら白く仕上がらないからね」

ライザに言われてコンロの火も必死に見つめる。

オーブンからはビスケットの焼ける匂い。

「あ、これね、きつね色。狐って赤茶よね」

ノエルはオーブンをのぞいていた。

「そうね。美味しそうな色になってきたわ」

「レシピ本には、天板を何枚も重ねて入れたときは場所を入れ替えると良いって書いてあったけど……」

「当家のオーブンはファンで熱をかき回してますから、そのままで大丈夫ですよ」

と料理長が教える。

「すごいわ、さすがメリソン家」

「だから、さすがメリソン家はやめなさいって……。あ、ほら、ノエル、お鍋！」

「ああっ」

「気をつけて！」

「おっと」

料理長がうろたえるノエルから鍋と蜜を守った。

なんとか事故もなく最後の行程へと突き進む。

焼き上がったビスケットの粗熱を取り、とろりとした楓蜜をかけるのだ。

ノエルもライザも料理長も、ここに落とし穴があるなどと思ってもみなかった。

「少しずつ、とろっとかければいいのよね」

ビスケットは、丸形、花形、星形、葉っぱ形の四種類。

震える手で蜜をかけていく。

「ノエル、緊張しすぎ」

「だって、これで成功か失敗かが決まるのよ」

「いや、考えすぎだって、力抜いてよ」

蜜をとろっとかける……と、大きく丸形をはみ出した。

「あぁ……」

「どんまい、まだたくさんあるわ」

「ごめんなさい、手間取って。ライザと料理長さんは食事とかしてきて。申し訳なくて気になっちゃうから。片付けはやるから」

「それくらい手伝ってあげるって」

「駄目よ、片付けまでがお料理なんだもの」

「……頑固ね。料理長、ノエルが気楽にできるように私たちは休憩しましょ」

ライザは心配な様子の料理長を促した。

「……わかりました」

料理長は相当気になってる様子だがライザが言う通りにした。

一時間ほどしてライザは家族との食事を済ませて、キッチンに戻った。家族たちにはノエルは真剣にやってるから放っておいたほうがいいのだと事情を話しておいた。

料理長のほうは自分の仕事はすべて終わらせていた。

ノエルは気落ちした様子で調理器具などを丁寧に洗って片付けていた。

「ノエル、ビスケットはできたの？」

「……うん」

見ると、大量のお菓子は出来上がっていた。蜜もほとんど固まっているようだ。

丸形と、花形、星形、葉っぱ形。どれもこれも、とろりとかけられた蜜はなんとも無様にはみ出し歪んでいる。

――ノエル……。失敗しちゃったのね。

「か、可愛くできてるわ、美味しそう」

ライザは気落ちした友人に声をかけた。

「味は……良かったわ。とても。味は……」

「見た目も良いわよ、頑張ったんだな、って一目でわかって」

「……そうかしら」

ノエルが力なく答える。

「愛情を感じる出来映えですよ」

料理長が優しく微笑む。

「……あ、愛情……」

ノエルは頬を朱に染めた。

「そうよ」

ライザは心を込めて頷いた。

ノエルは、なるべくうまく蜜をかけられたビスケットを選んで用意しておいた袋に詰めた。

自分用には特にひどい出来のものを袋に詰め、残りは料理長たちとメリソン家の皆に食べてもらった。

◇◇◇

収穫祭の日がやってきた。

アルノールは生徒から提出された課題のチェックをしながら時間が来るのを待ち、待ち合わせ場所に急いだ。

ノエルはライザに見立ててもらったおしゃれ着を着ていた。

小花を一面に散らしたワンピースは地の色がクリーム色で、小花がごく淡い薄紅色なので派手ではない。可憐で上品だ。レースがあしらわれているがシックなレースなので主張しすぎず、つまり可愛すぎない。

髪型は横の髪の毛を編み込みにしてあとは肩に垂らしている。普段はひとつに縛っていることが多いのでいつもと印象が違った。

アルノールは素敵だとうまく褒めたいと思うのに言葉が出ず、なんとか、

「似合うよ」

と一言言うのが精一杯という有様だった。

——子供でももう少し言えるだろうに。

今更、さらに褒め言葉を言う機会を失った。

「あ、あの、これを作ったものですから。日頃の、感謝の気持ち、を」

ノエルはノエルで、気持ちを伝えるつもりが、「感謝」としか出てこない。むしろ、感謝などという言葉は言わないほうが良かったくらいだ。

なにも言わなければ、手作り菓子の意味を察してもらえたんじゃないか。

ノエルは自分の失敗を悟った。

せっかく準備して作って渡せたのに。

手作り菓子は愛の告白というそれを台無しにしたのだ。

ノエルは一気に落ち込んだ。

アルノールのほうでは、袋をのぞいて見るからに手作りの焼き菓子に心が舞い上がり、同時に自分はなにも用意していなかったことに気づく。一緒に出かけられたらそのときに買うつもりでいたのだ。だが、ノエルから贈り物をもらったあとでは、あまりにも付け焼き刃のように思われないか。

ふたりでしばし無言だった。実際には、ほんの数秒の沈黙だったが、重い沈黙だった。

「ありがとう、ノエル。嬉しいよ」

アルノールは、複雑な感情に揺れながら言葉を絞り出す。

「い、いいえ、その……」

やはり言葉が出ない。

「時間があるなら、祭りを見に行こうか」

アルノールは勇気を振り絞った。

ノエルは明らかにお洒落をしている。

誰とどこに行くのか。

まだ時間的には早い。誰かと出かけたあとではない……と思う。

「え、えと、あの、いいんですか？　お仕事ですよね」

「ああ、大丈夫だ。今朝は早くから取りかかったのでね」

教師が生徒とふたりきりで出かけるのはあまり良くはない。とはいえ、こんな真っ昼間に少しの時間を過ごすくらいは許されるだろう。噂が流れるのなら流れても良い、とアルノールは開き直った。

　一緒に学園を出るとしばらく歩けば祭りの喧噪がすぐそこだった。

出店が通りに並び、いつもとはまた違った町の雰囲気になっていた。

恋人のような二人連れが目に付く。家族連れも多い。

「わぁ。私、祭り初めてなんです」

「初めて？」

「家にいた頃は祭りに行くなんて思いも付かなかったし、学園に来てからも友達のライザは家族で過ごすので。連休だから、親戚が来るみたいなの。ひとりで行く気はしなくて」

「そうか」

――これからは、毎年誘おう。

アルノールは心に決めた。

時間は昼の少し前くらいだった。出店を冷やかしてから昼食を食べる店を選んだ。

ノエルが出店の食事が食べたいと言い、アルノールは同僚から聞いていた「焼きパン」を探した。焼きパンというのはこってりしたシチューのような煮込みが入ったパンで、スプーンで崩しながら食べるらしい。

人気の出店で列が出来ていたが、ふたりで並んだ。

焼きパンは木の椀に入っていた。教わっていた通りに、パリッと焼けたパンをスプーンで割ると、中からとろりとクリームシチューが出てくる。

パンはスプーンで崩しやすく、ちぎったパンとシチューを和えながら食べると美味しかった。

歌謡いの曲を聴き、竪琴の演奏も立ち止まって聴いた。見事なものだった。

時間が流れるのが早く、空が夕刻色になってくる。

祭りの灯りが幻想的で、ここがいつもの町とは思えなくなってくる。

アルノールはノエルに贈り物をしたかった。

祭り用の花束を添えた焼き菓子の袋が売っていた。

アルノールはそれを選んで買った。

「ノエルの手作り菓子にはとうてい及ばないが……」

気まずそうに手渡すとノエルが嬉しそうにしている。

「あ、ありがとう、ございます」

「……花束を添えるのは、伝統ではなかったかもしれないけれどね」

アルノールは、ふいに魔女の伝説が思い出されてそんな台詞が口をついて出た。

「伝統……は、あの……」

手作り菓子を贈る意味かとノエルは思った。

ノエルの頭の中は、手作り菓子は恋の告白という話でずっと埋まっていた。

「古い書物で読んだ。古代語で書かれていたんだよ」

アルノールはあの物語をノエルに話して聞かせた。

屈強な狩人を焼き菓子に見立て、白い肌の魔女を白い楓蜜に見立てたのだと話すとノエルの頬は赤らみ、瞳は夢見るように輝いた。

あぁ、綺麗だな、とアルノールは見惚れた。

ノエルは、つかの間、自分とアルノールが狩人と魔女のような幻想に浸った。

祭りの夜。

満月はほど近く、日が沈みかけた町と祭りの灯りはまるで物語の中のように現実離れしていた。

魔女の声が聞こえた気がした。

『千人目の恋人だわ』

「素敵です、ね。千人目の恋人って……」

という歓喜の声は幻聴だろう。

ノエルが、今、アルノールの耳に届いた幻聴と同じ台詞を言ったことに、アルノールは目を見開いた。

「本当だね」

ふたりは幻の町を歩く心地で家路についた。

◇◇◇

数日後。

アルノールはあれから、ひとり考えた。

――魔女は、もしかしたら、そんな古い時代の者ではなかったのかもしれない。

少々、田舎に行けば、王都の話は不確かになるのだ。

五十年前の第二王子は、兄をはめて自分が王太子になった。

その逸話がだいぶ捻《ねじ》れて「兄王を殺した王が王位についた」になったとしてもあまり驚かない。

それくらいの話はあり得るからだ。

ただの噂で流れたデマが正されるのはどれくらいの月日がかかるだろうか。

正される前に、魔女の想い人は死に、魔女は怪我をして引退した。

五十年前。

魔女は祈り、願掛けをした。魔女の願掛けが叶えば魔女と想い人は同じ時期、近い場所に生まれ変われるだろう。

魔女は、自分の物語を書物にして配った。

百人、千人、一万の人に語られ、千人の恋人が現れるまでに五十年の歳月はかかったか、否か。

そのくらいの年月ではなかったか。

――ノエルと私は、恋人になれたのだろうか。
キスくらいできれば良かったか、と想い首を振る。
心が通い合えばそれでも恋人だろう。
きっと、魔女は認めたのだ。
千人目の恋人と。
少しいびつな蜜のかかったビスケットがよけいに愛おしく思えて、大事に口に運んだ。

遅咲きの恋の行方は……
魔女の月夜に告げて。

本書に対するご意見、ご感想をお寄せください。

あて先

〒162-8540 東京都新宿区東五軒町3-28
双葉社　Mノベルス f 編集部
「早田 結先生」係／「黒埼先生」係
もしくは monster@futabasha.co.jp まで

Mfノベルス

どクズな家族《かぞく》と別《わか》れる方法《ほうほう》 天才《てんさい》の姉《あね》は実《じつ》はダメ女《おんな》。無能《むのう》と言《い》われた妹《いもうと》は救国《きゆうこく》の魔導士《まどうし》だった

2023年2月13日　第1刷発行

著　者　早田《はやた》 結《ゆう》

発行者　島野浩二

発行所　株式会社双葉社

〒162-8540　東京都新宿区東五軒町3番28号

［電話］03-5261-4818（営業）　03-5261-4851（編集）

http://www.futabasha.co.jp/（双葉社の書籍・コミック・ムックが買えます）

印刷・製本所　三晃印刷株式会社

［電話］03-5261-4822（製作部）

ISBN 978-4-575-24557-8 C0093

Mノベルス

発行・株式会社　双葉社